Chantelle Shaw

En la cama del príncipe

HARLEQUIN™

Editado por HARLEQUIN IBÉRICA, S.A.
Núñez de Balboa, 56
28001 Madrid

En la cama del príncipe, n.º 2355 - 17.12.14
Título original: A Night in the Prince's Bed
Publicada originalmente por Mills & Boon®, Ltd., Londres.

I.S.B.N.: 978-84-687-4755-2
Depósito legal: M-27013-2014
Editor responsable: Luis Pugni
Impresión en CPI (Barcelona)
Fecha impresion para Argentina: 15.6.15
Distribuidor exclusivo para España: LOGISTA
Distribuidor para México: CODIPLYRSA
Distribuidores para Argentina: interior, BERTRAN, S.A.C. Vélez Sársfield, 1950. Cap. Fed./ Buenos Aires y Gran Buenos Aires, VACCARO SÁNCHEZ y Cía, S.A.

Capítulo 1

ALLÍ estaba, de nuevo.

Mina se había dicho que no lo miraría, pero al salir al escenario su mirada se dirigió a los espectadores que estaban de pie frente a él y el corazón le dio un vuelco al verlo.

El excepcional diseño del teatro The Globe de Londres permitía a los actores ver el rostro de cada espectador. El teatro era una reconstrucción del de los tiempos isabelinos, un anfiteatro a cielo abierto.

Estaba anocheciendo y, para intentar recrear el ambiente del teatro original, se utilizaba una iluminación mínima. Como los focos no la deslumbraban, Mina observó claramente los rasgos cincelados del hombre y su mandíbula resuelta, con una barba incipiente, lo que aumentaba su masculinidad.

Su boca no sonreía, pero sus labios mostraban una sensual promesa que despertó la curiosidad de Mina. Desde el escenario no distinguía el color de sus ojos, pero sí su rubio cabello. Llevaba la misma chaqueta de cuero que las tres veces anteriores, y era tan sexy que no podía apartar la mirada de él.

Se preguntó por qué se hallaría de nuevo entre la audiencia. Era verdad que el debut como director de

Joshua Hart con *Romeo y Julieta*, de William Shakespeare, había sido aclamado por la crítica, pero ¿por qué iba alguien a estar de pie dos horas y media para ver la obra tres veces seguidas?

Mina pensó que tal vez no tuviera dinero para comprar una butaca. Las entradas de la zona en la que había que estar de pie eran baratas y ofrecían la mejor vista del escenario y una sensación excepcional de intimidad entre los espectadores y los actores.

Él la miraba con tal intensidad que Mina se quedó sin aliento. De pronto se dio cuenta de que el silencio se estaba alargando y de la tensión del resto de los actores, que esperaban que ella hablara.

Se quedó en blanco.

El miedo escénico era la peor pesadilla de un actor. Tenía la lengua pegada al paladar y la frente perlada de sudor. Se llevó instintivamente las manos a las orejas para comprobar que tenía bien colocados los audífonos.

–¡Concéntrate, Mina! –susurró uno de los actores.

Eso sirvió para que se olvidara del pánico. El cerebro comenzó a funcionarle y dijo su primera línea. Había vacilado solo unos segundos, por lo que esperaba que los espectadores no se hubieran percatado del lapsus. Pero a Joshua no le habría pasado desapercibido. Sin mirarlo, Mina sintió el enfado del director, que exigía una actuación perfecta de todo el reparto, pero especialmente de su hija.

Mina había quebrantado una de las normas sagradas de la actuación al romper la «cuarta pared», la pared imaginaria que había entre el actor y el espectador. Durante unos segundos había abandonado el papel de Julieta y había vuelto a ser ella misma, Mina Hart, una actriz de veinticinco años parcialmente sorda.

Poca gente, salvo su familia y sus amigos íntimos, sabía que, a causa de una meningitis que contrajo a los ocho años, había sufrido una pérdida grave de audición. Los audífonos digitales que llevaba eran muy pequeños y discretos, y los ocultaba su largo cabello. Le permitían hablar por teléfono y escuchar música. A veces, casi conseguía olvidarse de lo sola y aislada que se había sentido de niña, a causa de la sordera.

La exquisita poesía de la prosa de Shakespeare era música para sus oídos. La realidad desapareció. No era una actriz, sino la propia Julieta, una adolescente que aún no había cumplido catorce años y que debía casarse con el hombre que habían elegido sus padres.

La obra continuó sin más incidentes, pero, en un rincón del cerebro, Mina siguió siendo consciente de que aquel hombre no apartaba la vista de ella.

La obra de Shakespeare llegaba a su trágico fin. Después de más de dos horas de pie, al príncipe Aksel Thorensen comenzaron a dolerle las piernas, pero apenas lo notó. Tenía la mirada fija en el escenario mientras Julieta, arrodillada frente a su esposo muerto, agarraba una daga y se la clavaba en el corazón.

Un suspiro colectivo de los espectadores flotó en

el teatro. Todos sabían cómo terminaba la historia, pero Aksel sintió un nudo en la garganta cuando el cuerpo de Julieta cayó sobre el de su amante. Todos los miembros del reparto eran buenos, pero Mina Hart sobresalía entre ellos. Su emotivo retrato de una joven enamorada era electrizante.

Aksel había decidido acudir a The Globe tres noches antes, al final de un día más de frustrantes discusiones entre el gobierno de Storvhal y los ministros británicos.

Storvhal era un principado situado en el Círculo Polar Ártico, por encima de Noruega y Rusia. La dinastía de los Thorensen llevaba reinando allí ochos siglos, y Aksel, como monarca y jefe de estado, tenía autoridad suprema sobre el consejo de gobierno, elegido democráticamente.

Aksel nunca había confesado a nadie que, a veces, llevaba como una carga el papel al que había estado destinado desde el nacimiento.

Había ido a Londres para hablar de un nuevo acuerdo comercial entre el Reino Unido y Storvhal, pero las negociaciones no habían llegado a buen término a causa de los trámites burocráticos. Acudir al teatro le había parecido una buena forma de relajarse, pero no esperaba quedarse fascinado con la protagonista.

La obra había terminado y los actores salieron a saludar. Era la última representación en The Globe. También era la última noche de Aksel en Londres. Después de haber firmado un nuevo acuerdo con el Reino Unido, al día siguiente volvería a Storvhal y a sus deberes reales, entre los que, como su abuela le recordaba constantemente, estaba el de encontrar esposa y tener un heredero.

La princesa Eldrun, de noventa años, que acababa de recuperarse de una neumonía, le había dicho que su mayor deseo era verlo casado antes de morirse.

Que otra persona hubiera tratado de chantajearlo emocionalmente le habría resbalado. Desde la infancia le habían inculcado que su deber estaba por encima de sus sentimientos. Solo una vez se había dejado llevar por el corazón, cuando, a los veintitantos años, se había enamorado de Karena, una hermosa modelo rusa que lo había traicionado, lo que había añadido otro motivo para que levantara alrededor de sus sentimientos una barrera impenetrable.

Su abuela era su único punto flaco. La princesa Eldrun había ayudado a su marido, el príncipe Fredril, a reinar en Storvhal durante cincuenta años, y Aksel sentía por ella un gran respeto. Pero, a pesar de ello, no pensaba precipitarse a la hora de casarse. Elegiría esposa cuando estuviera preparado, pero no se casaría por amor.

Ser rey de Storvhal le otorgaba muchos privilegios, pero no el de enamorarse.

A diferencia de su padre, el príncipe Geir, que se había matado en un accidente aéreo doce años antes, en Mónaco, donde pasaba buena parte de su tiempo, para consternación de los habitantes de Storvhal, Aksel se dedicaba por entero a los asuntos de gobierno y había devuelto el apoyo de su pueblo a la Monarquía.

Sin embargo, su popularidad tenía un precio:

siempre estaba en primer plano. Los medios de comunicación lo seguían de cerca; no podía salir solo, como lo había hecho en Londres. Si iba al teatro, tenía que sentarse en el palco real, a la vista de toda la platea, y no podía conmoverse hasta las lágrimas al contemplar una gran historia de amor.

Miró a Mina Hart: figura grácil, pelo de color caoba y rostro ovalado, de aspecto inocente pero sensual. Sintió que el cuerpo se le tensaba de deseo. Imaginó lo que podría suceder si fuera libre. Pero, después de tres noches viviendo en un mundo de fantasía, debía volver a la realidad.

Esa sería la última vez que vería a Mina

–Adiós, dulce Julieta –murmuró.

–¿Vienes a tomar algo? –preguntó Kat Nichols, una de las actrices, a Mina al salir del teatro–. Hemos quedado todos en el Riverside Arms para celebrar el éxito de la obra.

Mina había planeado irse directamente a casa, pero cambió de idea ante la persuasiva sonrisa de Kat.

–De acuerdo. Se me hace raro pensar que no volveremos a actuar aquí.

–Pero tal vez vayamos a Broadway. Ya sabes que tu padre está negociando que el montaje vaya a Nueva York. ¿Te ha comentado algo?

–Sé que todos creen que Joshua confía en mí porque soy su hija, pero no me trata de manera distinta a los demás actores. Tuve que pasar tres pruebas para conseguir el papel de Julieta. Mi padre no me hace favores.

Si acaso, era más duro con ella que con el resto del reparto. Joshua era un actor brillante y un perfeccionista. No era fácil llevarse bien con él, y las relaciones de Mina con su padre se habían vuelto tensas cuando ella decidió irse a Estados Unidos a rodar una película, lo cual Joshua había considerado una deshonra para su apellido.

–¡Imagínate que actuáramos en Broadway! – exclamó Kat–. Sería fantástico para nuestra carrera. Puede que hasta nos fichara un importante director de cine y fuéramos a Los Ángeles.

–Te aseguro que Los Ángeles no es tan maravillosa –respondió Mina con sequedad.

–He oído rumores, pero ¿qué sucedió realmente cuando te fuiste a rodar a Estados Unidos?

Mina vaciló. Kat y ella eran buenas amigas, pero, a pesar de ello, no quería hablarle de la época más oscura de su vida.

El recuerdo de Dexter Price, el director de la película, seguía siendo doloroso dos años después de que su relación hubiera terminado en medio de una avalancha de titulares en los periódicos. Le parecía increíble haberse enamorado de Dex, pero estaba sola en Los Ángeles y era joven e ingenua y se sentía insegura por la sordera.

Dexter la había tranquilizado al respecto, por lo que le estaba agradecida y, al poco tiempo, fue presa de sus encantos.

Al recordarlo, se preguntó si no se habría sentido atraída hacia él porque le recordaba a su padre. Los dos eran hombres poderosos y muy reconocidos en el mundo artístico, y Dex le había proporcionado el apoyo que siempre había deseado que le ofreciera su padre.

Cuando descubrió que la había engañado, se sintió destrozada.

–Te lo contaré en otro momento –le dijo a Kat mientras entraban en el pub–. A la primera ronda invito yo. Guárdame sitio.

Mina decidió que se tomaría una copa y se marcharía. El ruido del pub la desorientaba y deseaba volver a la tranquilidad de su piso. Se abrió paso entre la multitud que se agolpaba en la barra y trató de que el camarero le hiciera caso.

–Por favor...

El camarero pasó por delante de ella sin prestarle atención, por lo que Mina se preguntó si la habría oído, ya que con el ruido del local le resultaba complicado regular el tono de su voz. Este tipo de situaciones hacía resurgir en ella la inseguridad. Se sintió invisible, a pesar de que se veía reflejada en el espejo que había detrás de la barra.

Alguien apareció a su lado. Cuando sus miradas se cruzaron en el espejo, lo reconoció. Era el hombre del teatro, y de cerca era aún más atractivo que desde el escenario.

Sus ojos eran azul topacio y brillaban como piedras preciosas bajo las bien delineadas cejas, un poco más oscuras que el cabello. Él le sonrió de tal manera que Mina contuvo la respiración.

–¿Puedo ayudarla?

Su voz ronca hizo que se le erizara el vello de la nuca. No consiguió localizar su acento. Se volvió lentamente hacia él mientras se le aceleraba el pulso.

–Una de las ventajas de ser alto es que los camareros me ven enseguida –murmuró él–. ¿Puedo invitarla a beber algo?

Era seguro que su imponente aspecto y su magnetismo llamarían la atención en cualquier sitio. Mina se sonrojó al darse cuenta de que lo miraba fijamente.

–Estaba intentado pedir bebidas para mis amigos, pero gracias por el ofrecimiento.

Le estudió el rostro con atención mientras sentía la vibración de la sangre golpeándola en los oídos.

Era muy masculino y profundamente hermoso. ¿Se habría sentido así Julieta al ver por primera vez a Romeo? Para interpretar a Julieta, Mina había tratado de imaginarse a una adolescente que se había enamorado desesperadamente de un joven nada más verlo. ¿Podía sentirse una emoción tan intensa por alguien a quien se acababa de conocer?

El sentido común rechazaba la idea. La historia de *Romeo y Julieta* era una fantasía. Pero, en el pub, Mina entendió inmediatamente que se podía sentir una conexión abrumadora con un desconocido.

Lo más desconcertante era que aquel hombre también la experimentaba. La observaba con el cuerpo en tensión, como un felino que contemplara a su presa.

Alguien la empujó y chocó contra el desconocido. Sus senos rozaron el pecho masculino, y una corriente eléctrica recorrió el cuerpo de Mina. Los pezones se le endurecieron de forma automática.

Ahogó un grito y se apartó bruscamente. Él la observó con atención, como si le leyera el pensamiento.

–Lo he visto en el teatro. ¿Le ha gustado la obra? –preguntó ella.

–Usted ha estado asombrosa –afirmó él en voz baja e intensa al tiempo que, para sorpresa de Mina, se sonrojaba.

–También vino anoche y la noche anterior.

–No pude evitarlo –la miró a lo ojos y su magia sensual la atrapó impidiéndole apartar la mirada. Se sentía débil y nerviosa, y se inclinó hacia él, incapaz de controlar la reacción de su cuerpo a la atracción invisible de las feromonas masculinas y de la química sexual que se había establecido entre ambos.

–Dígame lo que quieren tomar sus amigos y se lo pediré al camarero.

¿Sus amigos? El hechizo se rompió, la mente de ella se despejó y enumeró una lista de bebidas. Minutos después, Mina pagó la ronda, pero ¿cómo iba a atravesar la sala abarrotada con una bandeja llena de bebidas?

El desconocido volvió a acudir en su ayuda.

–Yo la llevaré. ¿Dónde están sentados sus amigos?

Kat se sorprendió al verla llegar seguida de un hombre alto y rubio que parecía un vikingo. Este dejó la bandeja en la mesa y Mina se preguntó si debía invitarlo a sentarse con ellos. Y deseó que Kat dejara de mirarlo.

–Gracias por tu ayuda. Me llamo Mina.

Él la miró con ojos risueños.

–Ya lo sé. Tu nombre estaba en el programa de la obra. Yo soy Aksel –dijo él mientra le tendía la mano.

–No es un nombre inglés –murmuró ella al tiempo que intentaba no pensar en sus dedos que la agarraban con firmeza y que le provocaban cosquillas a lo largo del brazo y el deseo de no retirar la mano.

–Así es. Soy de Storvhal.

–Eso está cerca de Rusia, ¿verdad? En el Círculo Polar Ártico.

–Me dejas impresionado. Es un país muy pequeño, y la mayor parte de la gente no tiene ni idea de dónde está.

–Soy adicta a los crucigramas, y Storvhal sale con frecuencia.

Esperaba que no pensara que era un persona aburrida que pasaba mucho tiempo sola. La gente creía que los actores llevaban una vida glamurosa, pero no era así. Varias veces, entre una obra y la siguiente, había tenido que dedicarse a limpiar casas o a trabajar en un supermercado. La mayoría de los actores tenían que esforzarse por llegar a fin de mes.

Los Hart eran una famosa familia dedicada al teatro. Joshua Hart estaba considerado el mejor actor shakesperiano de los últimos tiempos. Mina había querido ser actriz desde que era una niña y se había negado a que su discapacidad destruyera su sueño.

Pero el sueño se había vuelto amargo en Los Ángeles. Rodar una película allí le había abierto los ojos a lo que suponía la fama, el cotilleo y las murmuraciones. Al regresar a Inglaterra se había replanteado lo que quería hacer con su vida y se había licenciado en Dramaterapia.

De una cosa estaba segura: no quería que su vida

privada volviera a aparecer en las portadas de la prensa sensacionalista.

Todavía se estremecía al recordar la humillación que le había supuesto la lectura de detalles falsos y escandalosos sobre su relación con Dexter Price, lo que la había llevado a desconfiar de la prensa y, en especial, de un periodista al que acababa de ver entrar en el pub.

Steve Garrat era quien había escrito un artículo difamatorio sobre su relación con Dexter, en el que la había acusado de acostarse con él para promocionar su carrera mientras la esposa de Dexter seguía un tratamiento contra el cáncer.

Prácticamente, todo el artículo era falso. Mina no se había acostado con Dexter, aunque estaba enamorada de él y dispuesta a hacerlo antes de saber que estaba casado. Pero Steve Garrat no se había preocupado de conocer su versión.

¿Qué hacía el periodista en Inglaterra? A Mina se le cayó el alma a los pies cuando la miró y le dirigió una sonrisa para mostrarle que la había reconocido.

Mina miró a Aksel. No se conocían, por lo que la curiosa conexión que sentía con él debía de ser producto de su imaginación.

–Pues encantada de conocerte. Y gracias por tu ayuda.

Aksel se percató de que lo estaba echando. Era una experiencia desconocida para un príncipe y, en otras circunstancias, lo hubiera divertido, pero, inexplicablemente, sintió celos al ver que Mina miraba a un hombre que acababa de entrar en el pub. ¿Sería su novio? Se recordó que no era de su incumbencia.

Lamentó su decisión de haber seguido a Mina hasta allí.

–De nada –la miró a los ojos y, durante uno segundos, sintió la urgente necesidad de agarrarla de la mano y sacarla de allí para poder estar solos.

¿Qué demonios le sucedía? Aquella fascinación ridícula por Mina Hart tenía que acabar inmediatamente.

–Que te diviertas –añadió con voz cortante antes de salir del pub sin volverse a mirarla.

–¡Mina Hart, qué agradable sorpresa! –exclamó Steve Garrat.

–A mí no me resulta agradable en absoluto volver a verte –dijo ella con frialdad–. Y dudo que te hayas sorprendido de hallarme aquí. Has venido por algún motivo, y creo saber cuál es.

El periodista sonrió mostrando unos dientes manchados de nicotina.

–Un pajarito me ha dicho que pronto debutarás en Broadway.

–¿Quién ha sido?

–Vamos, bonita, todo el mundo quiere saber si tu padre dirigirá *Romeo y Julieta* en Nueva York. Te habrá contado si va a hacerlo. Dame la exclusiva y me aseguraré de que tengas buenas críticas cuando estrenéis allí.

–Joshua no me ha contado nada, pero, aunque lo hubiera hecho, no te lo diría. Eres una rata, Garrat. Te entrometes en la vida privada de la gente en busca de un escándalo y, si no lo hallas, te lo inventas, como hiciste en mi caso –Mina respiró hondo para tratar de contener la irritación.

El periodista sonrió con cinismo.

–¿Debo compadecerte? No me cuentes trolas sobre los periodistas que respetan la vida privada de los famosos. Los actores necesitan publicidad. No creerás en serio que una película en la que trabajaba una actriz inglesa desconocida habría sido un éxito de taquilla por tus méritos, ¿verdad? La gente fue a verla porque querían conocer al bombón que se acostaba con Dexter Price.

Al oír sus palabras, a Mina se le revolvió el estómago. Necesitaba salir de allí y respirar aire fresco. Empujó al periodista, incapaz de seguir soportándolo.

–Me das asco.

Kat hablaba con otros miembros del reparto y Mina no la interrumpió. Pensaría que se había ido a casa.

Fuera, hacía frío y la fina chaqueta que llevaba no le ofrecía mucha protección contra el viento de aquella noche de octubre. Echó a andar rápidamente hacia el metro. No era tarde, pero no había mucha gente en la calle.

Tomó un callejón para atajar. Al fondo, un grupo de jóvenes gritaba. Era evidente que habían bebido. Mina pensó en dar la vuelta y tomar el camino más largo para llegar a la estación, pero estaba cansada. Agachó la cabeza y siguió andando. Al acercarse más al grupo, vio que se estaban pasando lo que supuso que era un porro.

Se alarmó porque la actitud de los jóvenes le indicó que estaban esperando a que llegara hasta donde estaban. Se dio la vuelta a toda prisa, pero los jóvenes comenzaron a seguirla.

–Oye, guapa, ¿por qué no sigues por aquí? –le gritó uno de ellos.

–Hay una película que se llama *Pretty Woman* sobre una fulana que se gana la vida en la calle –dijo otro, un cabeza rapada con un tatuaje en el cuello que la alcanzó y se puso frente a ella, de modo que esta tuvo que detenerse–. ¿Vendes tu cuerpo? ¿Cuánto cobras? –mientras el grupo la rodeaba, el chico se rio–. ¿Haces descuento a un grupo?

Mina tragó saliva e intentó no parecer asustada.

–Mirad, no quiero problemas –echó a andar, pero se detuvo cuando el cabeza rapada la agarró del brazo–. Suéltame.

–Y, si no me da la gana, ¿qué vas a hacer? –le introdujo la mano en la chaqueta y le desabotonó la camisa.

La situación se estaba descontrolando. Los jóvenes estaban borrachos o drogados, probablemente las dos cosas, y en aquella fría noche otoñal era poco probable que apareciera alguien para ayudarla.

–Será mejor que me sueltes. He quedado con un amigo y, si no aparezco, comenzará a buscarme.

–¿Y dónde está tu amigo?

–Aquí –dijo una voz amenazadora.

Mina miró hacia el inicio del callejón y el corazón le dio un brinco. La luz de la farola que había detrás del hombre hacía que su cabello rubio pareciera un halo. Era indudable que ningún ángel podía tener un aspecto tan sexy, pero, para ella, muerta de miedo como estaba, era su ángel de la guarda, su salvador.

Sorprendido por la interrupción, el cabeza rapada aflojó la mano con la que agarraba el brazo de Mina y esta se soltó.

–Aksel –dijo medio sollozando, y corrió hacia él.

Capítulo 2

YA PASÓ, Mina, estás a salvo –murmuró Aksel sintiendo cómo temblaba.

Cuando ella echó a correr, él abrió los brazos instintivamente y ella se refugió en ellos. Aksel le acarició el cabello mientras miraba al grupo de jóvenes.

El cabeza rapada avanzó hacia él.

–¿No sabes contar, tío? Somos seis contra uno.

–Cierto, pero valgo más que vosotros seis juntos –respondió Aksel en tono gélido.

Nunca perdía los estribos. Toda una vida controlando las emociones le había enseñado que la ira era mucho más eficaz en frío.

–Estoy dispuesto a enfrentarme a los seis, pero lo justo es que sea de uno en uno, si sois hombres de verdad.

Apartó a Mina con suavidad y le sonrió para tranquilizarla cuando ella se percató de lo que iba a hacer.

–Aksel, no puedes enfrentarte a todos ellos.

Él no le hizo caso y se dirigió hacia el cabeza rapada.

–Si eres el jefe de este grupo de ratas, supongo que querrás ser el primero.

El chico lo miró a la cara y vaciló al ver que su adversario era alto y fuerte. Se dio cuenta de que iba a quedar mal frente a sus compañeros, así que retrocedió soltando una sarta de obscenidades. Los otros lo siguieron y desaparecieron al doblar la esquina del callejón.

–¡Estás loco! –exclamó Mina apoyándose en la pared porque le temblaban las piernas–. Podían haber llevado un arma y haberte herido.

Lo miró y se sintió más débil al contemplar su rostro y el cabello que le caía sobre la frente. Él se lo retiró y le dedicó una sonrisa que la desarmó.

–Me las hubiera apañado. Ese gamberro no tenía derecho a tocarte. ¿Te ha hecho daño? –sintió que renacía en él la ira que había sentido al ver que el cabeza rapada agarraba a Mina.

–No, estoy bien. ¡Oh...! –Mina se sonrojó al ver que tenía la camisa medio desabrochada y se le veía el sujetador y la parte superior de los senos. Se la abotonó torpemente con dedos temblorosos–. Gracias por ayudarme de nuevo –al recordar que se había arrojado en sus brazos, volvió a ponerse colorada–. Siento haberme portado como una idiota al abrazarte.

–No pasa nada. Puedes hacerlo siempre que quieras.

–¡Ah! –exclamó ella con una voz que no parecía la suya.

Pero nada estaba siendo normal aquella noche.

Ansiosa por olvidar ese embarazoso momento, Mina cambió rápidamente de tema.

–¿Qué haces aquí?

Aksel no había dejado de hacerse la misma pregunta desde que había salido de The Globe. Lo esperaba el coche, pero cuando el chófer le abrió la puerta se rebeló contra las restricciones que le imponía su forma de vida.

Sabía que, en el hotel, los miembros del Consejo de Storvhal que lo habían acompañado lo esperaban para hablar del nuevo tratado. Pero sus pensamientos estaban llenos de la tragedia shakesperiana que tanto lo había conmovido, y le resultaba insoportable la idea de ponerse a hablar de política.

Era indudable que Harald Petersen, su principal consejero, que además era amigo íntimo de su abuela, lo criticaría por haber despedido al chófer y al guardaespaldas que lo acompañaba en Londres contra la voluntad de Aksel, por expreso deseo de su consejero.

Después de despedir a ambos, había caminado a lo largo del río y había visto a Mina entrar en el pub y, sin pensárselo dos veces, la había seguido. Lo primero que pensó al verla en la barra fue que, de cerca, era aún más hermosa que en el escenario. Miró sus verdes ojos y tuvo la sensación de que se perdía en ellos.

–Cuando te fuiste del pub supuse que no volvería a verte –dijo ella en voz baja.

–Estaba a punto de tomar un taxi cuando te vi salir y, al ver que tomabas este callejón, decidí seguirte. Un callejón mal iluminado no es el sitio adecuado para caminar sola de noche.

–Me dirigía a mi casa, y este es el camino más corto.

–¿Por qué no te has quedado con tus amigos? Creí que ese hombre que entró en el pub y al que miraste era tu amigo.

–No, no es nadie...

Tragó saliva al pensar que el único motivo por el que se había ido del bar había sido para alejarse del periodista. Y volvió a revivir el momento en que el grupo de jóvenes la había rodeado. Se puso muy pálida.

–¿Estás bien? Pareces en estado de shock.

Mina no iba a reconocer que estaba a punto de romper a llorar.

–Me siento débil, probablemente porque tengo hambre. Los nervios me impiden comer antes de la representación. Por eso iba a casa, a comer algo.

–Tengo una idea –dijo él con una atractiva sonrisa–. Mi hotel no está lejos y el restaurante es excelente. Seguro que no tienes ganas de ponerte a cocinar cuando llegues a casa.

–No quiero causarte más molestias.

Por un momento, estuvo tentada de aceptar la invitación, lo cual era una locura, ya que se trataba de un hombre al que acababa de conocer en un bar.

–¿Estás de vacaciones en Inglaterra?

–En viaje de negocios. Me marcho mañana.

–¿A qué te dedicas? –preguntó ella tratando de que no se le notara la decepción que sentía.

¿Se lo había imaginado o la expresión de Aksel había cambiado antes de contestar?

–Soy consejero del gobierno de mi país. He venido a Londres con una delegación para hablar de acuerdos comerciales con el Reino Unido.

Mina no ocultó su sorpresa. Parecía más bien una estrella de rock que un consejero.

–Parece interesante –murmuró.

La risa de él resonó en el callejón.

–Me imaginaba que una actriz resultaría más convincente al fingir que mi trabajo le parece fascinante. ¿Cenarás conmigo si te prometo que no te aburriré explicándote lo que es un acuerdo comercial?

Mientras miraba sus ojos azules, Mina pensó que era imposible que él la aburriera. El sentido común le aconsejaba salir a la calle principal, parar un taxi e irse a casa.

–No estoy vestida para cenar en un restaurante –lo cual era verdad. La larga falda de algodón y la camisa que llevaba no eran adecuadas para ir a cenar.

–A mí me parece que estás bien –afirmó Aksel en tono seductor–. Lo único es que te has abotonado mal la camisa.

Se le acercó y ella contuvo la respiración mientras se la abotonaba. Olía a colonia de sándalo, a jabón y a él mismo, una fragancia intensamente masculina.

Como si hubiera notado su indecisión, Aksel le dedicó otra de sus atractivas sonrisas, que a ella le aceleró el pulso.

–Creo que en el restaurante del hotel sirven una deliciosa espuma de chocolate. ¿Qué te parece si la probamos? ¿Tienes frío? –le preguntó al ver que se estremecía–. Toma.

Antes de que ella pudiera protestar, le echó su chaqueta de cuero por los hombros, que conservaba el calor de su cuerpo. Mina sintió una oleada de deseo.

Él la tomó de la mano y salieron del callejón.

–Tengo un taxi esperándome –afirmó él–. ¿Le digo al taxista que nos lleve al hotel o que te lleve a casa? Tú decides.

Ella se dio cuenta de que, si decidía irse a casa, él no se opondría. Aunque lo sensato era rechazar la invitación a cenar, una chispa de rebeldía brotó en su interior.

Desde que había vuelto de Los Ángeles se había metido en su concha, temerosa de nuevas experiencias. Pero ¿qué había de malo en cenar con Aksel, que la había salvado de aquellos jóvenes y se había comportado como un caballero?

¿Iba a salir corriendo cada vez que conociera a un hombre guapo y a consentir que lo que le había sucedido con Dexter Price le condicionara la vida para siempre?

–Muy bien, tú ganas. Me has seducido con la espuma de chocolate. Vamos al hotel –al decir esas palabras, se dio cuenta de que podían ser malinterpretadas, y se sonrojó–. A cenar, quiero decir.

¿Por qué había empleado la palabra «seducir»? Lo único que le faltaba era que él se diera cuenta de que quería que la besara.

Aksel soltó una risa ronca e inclinó la cabeza hacia ella, de modo que su aliento le acarició los labios.

–Ya sé que querías decir a cenar. La seducción vendrá después –afirmó con una sonrisa.

Y entonces hizo lo que llevaba deseando desde que había visto a Julieta por primera vez, tres noches antes, desde que se había perdido en los ojos verdes de Mina al conocerla en el pub. Tomó su rostro entre las manos y le rozó los labios con los suyos hasta que ella los abrió.

Mina sintió que se derretía cuando sus bocas se juntaron. Se había imaginado cómo sería que él la besara desde que lo había visto en el teatro la primera noche. El corazón se le aceleró cuando la atrajo hacia sí. El cuerpo masculino era todo músculo y sintió su calor a través de la camisa.

Él le introdujo la lengua entre los labios y la agarró por la nuca para besarla con mayor profundidad. La intensidad con la que ella le respondió lo hizo gemir. Hubiera seguido besándola toda la eternidad, pero recordó que era un príncipe y que estaba saltándose todas las normas de protocolo al besar en plena calle a una mujer que apenas conocía.

Se separó de ella de mala gana.

–¿Vendrás conmigo, Mina?

Ella le miró los ojos brillantes e instintivamente supo que estaría a salvo con él. Asintió sin decir nada y lo siguió hasta el taxi.

No podía dejar de mirarlo, de absorber la belleza de su rostro y de su sensual boca. Y él tampoco podía apartar la mirada de ella. Ambos estaban ciegos a lo que los rodeaba y, al subirse al taxi, ninguno se fijó en el hombre que salía del pub y los observaba antes de montarse en su coche y seguirlos a una prudente distancia.

Aksel pensó que pronto recobraría el sentido común. Dio el nombre del hotel al taxista y se recostó en el asiento.

Miró a Mina, y se sorprendió de cómo le había hecho perder el control. Quería volverla a besar. Quería hacer mucho más que besarla. El cuerpo le ardía de deseo y lo único que evitó que la tomara en sus brazos y la acariciara fue que el taxista los observaba por el retrovisor.

La curiosidad del taxista le recordó que no había reflexionado al invitar a Mina a cenar. Varios periodistas de Storvhal lo habían acompañado en el viaje y no desperdiciarían la oportunidad de informar de que el príncipe había aparecido en el hotel con una bella actriz. Y sus enemigos harían correr el rumor de que se estaba convirtiendo en un playboy como su padre.

Mientras decidía qué hacer le sonó el teléfono móvil, lo cual supuso la solución a su problema. Benedict, su secretario, era de fiar, por lo que le dio instrucciones para que organizara una cena privada con su invitada.

Al oír a Aksel hablar en una lengua desconocida, Mina recordó que no sabía nada de él, salvo que trabajaba como consejero gubernamental.

También había descubierto que besaba de maravilla, lo que indicaba que tenía mucha práctica en besar a mujeres, pensó compungida. Con su belleza, era muy probable que tuviera mucha experiencia en el terreno sexual. Tal vez tuviera novia, o incluso esposa.

Aksel terminó de hablar por teléfono y, al verla tan tensa, confundió el motivo.

–Perdona mi falta de educación, pero suelo hablar con mi secretario en nuestra lengua.

–Es tarde para hablar con uno de tus empleados. Creía que era tu novia la que había llamado, o tu esposa.

–No estoy casado. ¿Crees que te hubiera pedido que cenaras conmigo, que te hubiera besado si tuviera una relación con otra mujer?

–Hay hombres que lo hacen.

–Yo no.

La firmeza de su tono la convenció. Se dio cuenta de que se guiaba por un código de honor. Su aspecto majestuoso hizo que se preguntara si no sería algo más en el gobierno de Storvhal, un ministro, en vez de un consejero.

Pero ¿la hubiera besado con tanta pasión un ministro? ¿Por qué no? No todos los políticos eran viejos malhumorados. Aksel era un hombre muy guapo, sexy y soltero, tan libre de besarla como ella a él.

–Hablas como si conocieras a esa clase de hombres que engañan a su esposa.

–Estaba generalizando.

El taxi se detuvo frente a uno de los hoteles más lujosos de Londres. El pánico se apoderó de ella al ver que el portero, con frac y chistera, conducía a un grupo al interior, ellas con vestido de noche y ellos con esmoquin.

–No voy vestida adecuadamente para un sitio así.

–Me había olvidado de que esta noche había un evento benéfico en el hotel.

Aksel frunció el ceño al ver a un grupo de fotógrafos frente al edificio. Lo que menos deseaba era que lo fotografiaran entrando con una hermosa y conocida actriz. Intercambió unas palabras con el taxista y el vehículo arrancó.

–Hay otra entrada –le dijo a Mina–. Vamos a cenar los dos solos –le explicó mientras ella le devolvía la chaqueta–. Yo tampoco estoy vestido para cenar en público.

Mina consultó el teléfono móvil y leyó un mensaje de Kat en el que le recordaba que Joshua Hart quería ver a los actores a las nueve de la mañana del día siguiente en The Globe. Le contestó rápidamente y se bajó del coche después de Aksel, que la sujetó por la cintura para ayudarla. Ella contuvo la respiración y notó que se le aceleraba el pulso cuando él la atrajo hacia sí. Sin soltarla, la condujo hasta la otra puerta del hotel. Ninguno de los dos se fijó en que un coche había parado detrás del taxi.

Atravesaron el lujoso vestíbulo y se dirigieron a los ascensores. Cuando las puertas se cerraron, él le apartó el pelo de la cara. Mina se puso tensa porque, aunque los audífonos que llevaba eran pequeños, resultaban visibles para alguien que estuviera cerca de ella.

No tenía sentido contarle lo de su sordera porque no volvería a verlo después de aquella noche. Él le había dicho que se marchaba al día siguiente y no entendía por qué la había invitado a cenar ni por qué ella había aceptado.

¿Qué demonios hacía en un hotel de cinco estrellas con un desconocido?

–¿Qué te pasa? –le preguntó él en voz baja–. Si has cambiado de idea, diré que te lleven a casa, pero espero que te quedes –prosiguió en un tono que a ella le produjo un escalofrío.

–Es ridículo que dos desconocidos cenen juntos –le espetó–. No sé nada de ti.

–Sabes que me encanta Shakespeare... y la espuma de chocolate. Y he descubierto que tienes un talento increíble para actuar y besar.

–No deberías decir eso –susurró ella.

–¿Prefieres que diga que besas muy mal? No puedo mentirte, lo haces de maravilla, y solo pienso en lo mucho que deseo volverte a besar.

Mina no supo si se sentía aliviada o decepcionada.

Las puertas del ascensor se abrieron y siguió a Aksel por el alfombrado pasillo. Cuando él abrió la puerta de la suite, ella contempló, sorprendida, una habitación exquisitamente decorada donde la mesa estaba puesta con cubiertos de plata y velas. Jarrones con lirios llenaban el aire de su dulce perfume y la escasa luz de las lámparas creaba un ambiente de intimidad.

Aksel se dirigió al bar y sacó una botella de champán de la cubitera. La descorchó y llenó dos copas, una de las cuales tendió a Mina.

–Vamos a tomarnos una copa mientras miramos el menú.

Ella tomó un trago y, acto seguido, pensó que beber con el estómago vacío no era una buena idea.

–Vamos a sentarnos –dijo él mientras dejaba la chaqueta en el brazo de un sofá y se sentaba. Se puso un pie sobre el muslo y estiró el brazo sobre el respaldo. Tenía un aspecto tan indolente y sexy que la idea de sentarse a su lado desbocó el corazón de Mina.

–Quiero ir al servicio antes de que empecemos a cenar.

–Es la primera puerta del pasillo a la izquierda.

Al contemplar su rostro sofocado en el espejo del cuarto de baño, Mina se dijo que tenía que calmarse. Parecía distinta, más viva. Tenía las pupilas dilatadas a causa de una excitación que era incapaz de controlar.

Se mojó las muñecas con agua fría. Pensó en quitarse la chaqueta, pero al verse los pezones, duros como piedras, marcándose bajo la fina camisa, desechó la idea.

Tenía que salir y volver a enfrentarse a Aksel. Se recordó que era actriz y que podía parecer serena si pensaba que él era un espectador y no lo miraba a los ojos.

Volvió al comedor y, sin mirar a Aksel, tomó la copa y se bebió el resto del champán. Él estaba mirando por la ventana, pero se volvió al llegar ella.

–Me gustaría saber qué pensamientos se ocultan tras esos profundos ojos verdes.

–Me preguntaba cómo alguien que se puede permitir alojarse en un hotel de cinco estrellas compra la entrada más barata en un teatro y se pasa dos horas de pie durante no una, sino tres representaciones. Pero supongo que, como estás aquí en viaje de negocios, tu jefe te pagará el hotel.

Aksel vaciló. Era evidente que, aunque Mina había oído hablar de Storvhal, desconocía su identidad, pero, por una noche, decidió olvidarse de sus responsabilidades reales.

–Es verdad que me pagan el hotel. La primera noche que fui al teatro, las únicas entradas que quedaban eran las situadas frente al escenario. Las otras dos noches podría haberme sentado, pero preferí seguirte viendo de cerca. La primera vez que te vi entrar en el escenario me enloqueciste.

A Mina le pareció que los pulmones se le habían quedado sin aire. Entendió lo que le decía porque a ella le había pasado exactamente igual al verlo entre los espectadores. Lo miró a los ojos, y notó que el deseo primitivo que vio en ellos reflejaba el que recorría su cuerpo de manera salvaje.

–Aksel... –había pronunciado su nombre con la intención de protestar, pero le salió como una invitación, un ruego.

Él avanzó hacia ella, o tal vez fue ella la que lo hizo primero. Mina no supo cómo había llegado a sus brazos, que la sujetaban como bandas de acero mientras la atraían hacia su cuerpo al tiempo que él inclinaba la cabeza y la besaba en la boca.

Capítulo 3

AKSEL la besó con creciente pasión hasta que Mina comenzó a temblar de deseo. Cuando sus bocas se separaron, esta lo besó en la mejilla y arqueó el cuello mientras él lo recorría con los labios, pero, cuando le colocó el cabello detrás de la oreja, ella volvió la cabeza para que no le viera el audífono.

Él le acarició los hombros y descendió por la espalda hasta llegar a las nalgas. La empujó hacia su pelvis y ella percibió la inequívoca dureza de su excitación. Tal vez hubiera debido separarse de él en aquel momento, pero era incapaz de controlar su propio deseo.

–No te haces una idea de las veces que en los últimos tres días he imaginado que hacía esto: abrazarte, besarte... –dijo él con voz ronca– hacerte el amor.

A Mina, el corazón le dio un vuelco al pensar en las consecuencias de aquello. ¿Contemplaba realmente la posibilidad de hacer el amor con un hombre al que había conocido hacía unas horas? Era una locura, pero ¿no había pensado en él constantemente desde que lo había visto en el teatro? Y estaba allí, con él, y el deseo la consumía.

Recurriendo a los últimos restos de cordura que le quedaban, dijo con desesperación:

–Yo no hago estas cosas. No me voy con un desconocido a un hotel.

Él hizo una mueca.

–¿Me creerás si te digo que también es una experiencia nueva para mí, cielo?

Las restricciones de su puesto rara vez le proporcionaban la oportunidad de conocer a una mujer en un bar. Al invitar a Mina al hotel, había pensado que solo lo guiaba el deseo de conocerla mejor. Pero en el momento en que se quedaron solos y la miró a los ojos, su contención se evaporo ante la fuerza de su deseo.

–Nunca me había sentido así. Nunca había deseado a una mujer tanto como a ti.

Como se suponía que estaban allí para cenar, Aksel pensó que si se sentaban y miraban el menú aquella locura pasaría.

–¿Tienes hambre?

Se lo preguntó en un tono tan bajo que ella no le oyó, pero le leyó los labios y recordó que no había comido nada desde la hora del desayuno. Se sentía un poco mareada a causa del champán.

–Sí.

–¿Pedimos la cena?

Ella vaciló durante unos segundos.

–No es comida lo que quiero.

Él dijo algo en su lengua, que ella no entendió, aunque le bastó ver el brillo de sus ojos mientras la atraía hacia sí y volvía a besarla. No protestó cuando la tomó en brazos y entró por una puerta. Cuando la dejó en el suelo, vio que estaban en un enorme dormitorio con una inmensa cama.

Él volvió a unir su boca a la suya y ella sucumbió instantáneamente a la sensual maestría de sus besos. Apenas se dio cuenta de que él le quitaba la chaqueta, le desabotonaba la camisa y se la echaba hacia atrás. Los pezones resaltaban provocativos bajo el tejido semitransparente del sujetador.

Aksel le pasó el dedo suavemente por ellos.

–Eres aún más hermosa de lo que imaginaba. Me dejas sin aliento.

Le desabrochó el sujetador, y ella no se lo impidió. Ni siquiera el gruñido que él lanzó traspasó la bruma de irrealidad que había descendido sobre ella, y se estremeció de excitación cuando la prenda cayó y sus senos se desparramaron en las manos de Aksel.

Lo miró a los ojos, que brillaban con ferocidad, lo cual la hizo consciente de su feminidad y atractivo sexual. La sensación de irrealidad aumentó. Le parecía increíble que sus fantasías se estuvieran haciendo realidad. Se lo había imaginado besándola y desnudándola y, en aquel momento, Aksel le bajó la cremallera de la falda, que cayó al suelo.

–Dulce Julieta –murmuró él mientras tomaba un pezón entre los labios.

Ella gritó y arqueó el cuerpo para ofrecerle los senos. Y él le chupó los pezones hasta que estuvieron hinchados y blandos.

Ella quería acariciarlo como él la estaba acariciando, por lo que le desabotonó la camisa y se la abrió. La piel le brillaba como el satén sobre los músculos abdominales. Su pecho estaba cubierto de vello rubio oscuro que le descendía en forma de flecha por el plano estómago.

Mina trazó el recorrido con los dedos, pero vaciló al llegar a la cintura de los pantalones porque una voz interior le recordó que su última relación sexual había tenido lugar tres años antes con un chico con el que llevaba saliendo un año.

Debía de haber perdido el juicio para pensar en tener sexo con un desconocido. Estaba segura de que, si le decía que pararan, él lo aceptaría.

Lo sensato era decirle que había cambiado de opinión, pero, al mirarle el rostro y la boca, las palabras no salieron de sus labios. El fuego de sus ojos azules hizo que se evaporara su propósito de marcharse, y el deseo se asentó entre sus muslos cuando él se los acarició.

Sin dejar de mirarla a los ojos, Aksel le quitó las braguitas y le acarició con un dedo la húmeda abertura hasta que sintió que se relajaba. La abrió suavemente y se introdujo en ella profundamente.

–Es hermoso –murmuró al comprobar lo excitada que estaba.

La volvió a besar mientras se desnudaba. Se apartó de ella durante unos segundos para agarrar un preservativo del cajón de la mesilla de noche y ponérselo.

–Supongo que estarás de acuerdo en que no debemos correr riesgos.

Ella asintió sin decir nada, sorprendida al darse cuenta de que estaba tan inmersa en la excitación que la invadía que no había pensado en tomar medidas de precaución.

Él volvió a abrazarla. Su cuerpo poderoso le recordó el de un guerrero vikingo, pero Aksel la agarró con suavidad por las nalgas para levantarla. Ella contuvo la respiración al sentir la solidez de su masculinidad en el vientre.

–Enlaza las piernas a mi cintura –le pidió él.

Temblando de anticipación, se aferró a sus hombros y enlazó sus tobillos detrás de su espalda. Él se colocó con cuidado entre sus muslos y ella ocultó la cara contra su cuello para amortiguar el gemido que soltó cuando él la poseyó con una poderosa embestida. Se retiró de ella lentamente y la penetró de nuevo. Cada embestida era más fuerte que la anterior, por lo que la excitación de ella aumentó rápidamente.

La sensación de él moviéndose en su interior era increíble y hermosa. El mundo giraba cada vez más deprisa, absorbiéndola en un remolino de placer que crecía a medida que él aceleraba el ritmo.

–Lo siento, cielo, pero no puedo esperar –gimió él.

Le apretó las nalgas con más fuerza y la embistió con tanto ímpetu que ella se preguntó cuánto más podría aguantar su cuerpo antes de que se le hiciera pedazos. Lo miró a los ojos, que tenían una expresión torturada, como si se esforzara por controlarse.

Él echó la cabeza hacia atrás y explotó en su interior al tiempo que Mina sentía las primeras oleadas del orgasmo expandirse desde su centro. Lanzó un grito mientras alcanzaba con él el éxtasis.

Pasó un buen rato, pero finalmente la realidad volvió a imponerse trayendo con ella el sentimiento de culpa.

–Tengo que irme –susurró ella al tiempo que se tragaba las lágrimas que pugnaban por salir. Más tarde tendría tiempo de recriminarse por su conducta, pero en aquel momento tenía que levantarse de la cama donde Aksel la había depositado y vestirse con la mayor dignidad posible, dadas las circunstancias.

Se mordió los labios con fuerza al mirarlo tendido a su lado y admiró su cuerpo desnudo, las largas piernas y las estrechas caderas, los poderosos músculos abdominales y el ancho pecho.

Le miró asimismo otra zona que había evitado antes. Incluso con la excitación a punto de desaparecer, era magnífico. Pensó en lo grande que le había parecido mientras la penetraba.

Se sentó en la cama y se dijo que era ridículo avergonzarse de que él le estuviera mirando los senos desnudos cuando antes había hecho algo más que mirarlos.

–¿Eh? –Aksel se incorporó sosteniéndose sobre un codo y frunció el ceño cuando ella volvió la cabeza.

Estaba llorando.

Aksel se sintió culpable. Se había comportado como un bárbaro, y no era excusa que, por primera vez en su vida, su autocontrol hubiera desaparecido ante la dulce reacción de ella.

–¿Qué te pasa? ¿Adónde vas?

–A casa, ya que hemos...

–No era mi intención hacerte llorar, cielo. Lo siento. He ido demasiado deprisa, he sido demasiado impaciente...

–No –Mina no quería que se sintiera culpable–. No es culpa tuya, sino mía. Nunca me había acostado con un completo desconocido y –la voz le tembló– me siento avergonzada.

Él pareció no haberla oído.

–Tendría que haber...

Ella negó con la cabeza.

–Lo has hecho todo bien. Ha sido perfecto –tragó saliva.

No estaba preparada para la intensidad emocional del orgasmo. Había conectado con él en un plano profundo y fundamental, como si fueran las dos mitades de un todo, y no podía olvidar esa sensación.

–Ha sido hermoso.

–También para mí –afirmó él con sinceridad.

La besó en los labios y la tumbó con suavidad, de modo que la cabeza de ella se apoyara en su pecho. Le acarició el pelo.

Le recordaba a un potrillo, nervioso y desconfiado, dispuesto a huir en cualquier momento. No era, desde luego, como las elegantes mujeres con las que a veces se acostaba, aunque no en el palacio. El protocolo establecía que solo su esposa podía dormir en la habitación del príncipe. Pero poseía una casa a unos kilómetros de la capital adonde llevaba a sus amantes, y también una cabaña en la montaña a la que no llevaba a nadie.

Hacer el amor con Mina había sido distinto de todo lo que había experimentado hasta entonces.

–Me alegro de que haya sido igual para los dos –murmuró él.

Se colocó encima de Mina y sonrió cuando ella

contuvo la respiración porque empujaba sus muslos con su endurecida masculinidad. Ella no se resistió.

–Algo perfecto debe repetirse, ¿no crees, cielo?

Aksel pensó que la vida te planteaba problemas cuando menos te lo esperabas. Rodó de costado para colocarse al lado de Mina y examinarla, ya que ella era el problema que tenía en ese momento. Sus cabellos rojizos se esparcían por la almohada y sus negras pestañas contrastaban con la blancura de su piel. Tenía un aire inocente pero muy sexy a la vez cuando se movió y dejó un seno al descubierto.

Aksel comenzó a excitarse. Solo se contuvo y no la abrazó porque se dio cuenta de que ya había amanecido. Eran las siete, y a las ocho y media su jet privado lo devolvería a Storvhal junto a la delegación que lo acompañaba.

Maldiciendo en voz baja se levantó. Mientras entraba en el cuarto de baño se dijo que se había saltado todas las normas al dormir con Mina en el hotel. No era la primera vez que se acostaba con una mujer. Tenía treinta y cinco años y no vivía como un monje.

Mientras se duchaba continuó pensando que haberla conocido le planteaba toda clase de problemas, empezando por el hecho de que ella no sabía quién era él. Tal vez por eso hacer el amor con ella había sido fantástico, porque había conseguido olvidarse durante unas horas de quién era y solo había sido un hombre impulsado por el deseo.

Pero la fantasía había concluido y debía centrarse en sus deberes reales. Agarró una toalla. Sabía que la suya era una vida privilegiada, pero había aprendido que la libertad personal era el mayor privilegio de todos, y esa mañana había sido más consciente que nunca de que le estaba negado.

Mina lanzó un suspiro de alivio al abrir los ojos y ver que Axel entraba en el cuarto de baño. La noche anterior le había demostrado que, además de por su piel y cabellos dorados, era un dios vikingo por su fuerza y su energía, por no hablar de su ingenio, pensó, mientras se ruborizaba al recordar las diversas posturas en las que habían hecho el amor.

Al despertarse unos minutos antes, sintió su erección rozarle el muslo, pero fingió que estaba dormida porque las pilas de los audífonos se le habían gastado.

No sabía cómo reaccionaría él si le contaba que era parcialmente sorda. A pesar de la noche pasada, Aksel seguía siendo un desconocido para ella.

No tenía ni idea de qué había que hacer al despertarse en la habitación de un hotel con un hombre. ¿Qué le diría? ¿Muchas gracias porque había tenido el mejor sexo de su vida?

Debía recuperar el control de la situación, y lo primero era cambiar las pilas de los audífonos.

Como sabía que él podía salir del cuarto de baño en cualquier momento, no perdió el tiempo vistiéndose, sino que se envolvió en una sábana para ir a por el bolso.

La noche anterior no se había fijado en lo que la rodeaba, pero era evidente que aquello era una suite. La puerta del dormitorio daba al salón y al comedor.

En este, las cortinas estaban descorridas y la mesa puesta para desayunar. El aroma a café y a bollos recién hechos era delicioso. Estaba hambrienta.

El bolso se hallaba en la silla donde lo había dejado. Tardó unos segundos en cambiar las pilas. Se sintió menos vulnerable al poder oír de nuevo, y la necesidad de comer sustituyó a la de marcharse sigilosamente de la suite.

Se estaba tomando un bollo con miel cuando se percató de que Aksel la miraba desde el umbral.

–Parece que te gusta –murmuró.

Ella dejó el bollo en el plato.

–Espero que no te importe. Tenía hambre.

–No me extraña. He pedido que te traigan el desayuno, ya que fue culpa mía que no cenaras anoche.

Ella pensó que no toda la culpa era suya, puesto que no la había obligado a quedarse.

Él avanzó hacia la mesa. Llevaba un traje gris de excelente corte y una corbata que hacía juego con el azul de sus ojos. Era un elegante desconocido.

–Voy a vestirme –farfulló ella.

–Quédate como estás –la tomó por los hombros y la atrajo hacia sí–. Hacer el amor contigo ha sido increíble, y desearía que la noche hubiera sido eterna.

El corazón de Mina dio un brinco cuando él se inclinó y la besó, ya que no sabía cómo reaccionaría Aksel después de la noche de pasión que habían pasado, y se había preparado mentalmente para oírle decir que había sido un error. La ternura con que la besó le resultó inesperada. Cerró los ojos y sintió que se derretía, guiada por su sensual maestría.

Pasó mucho tiempo antes de que sus bocas se separaran.

–Sabes a miel –afirmó él con voz ronca al tiempo que apartaba las manos de sus hombros contra su voluntad–. Me espera el coche para llevarme al aeropuerto, pero, por supuesto, te llevará a casa antes.

Sus palabras devolvieron a Mina a la realidad.

–Vuelves hoy a Storvhal, ¿verdad?

–Tengo que hacerlo –él miró el reloj. No tenía tiempo de explicarle quién era y se resistía a aceptar la idea de no volver a verla. Pero invitarla a Storvhal sería muy difícil.

–¿Y tú? ¿Qué planes tienes después de que *Romeo y Julieta* se haya acabado de representar en The Globe?

Mina pensó que tal vez ese día supiera si iban a ir a Broadway, pero que no tenía sentido decírselo.

Se encogió de hombros.

–No tengo planes para las dos semanas próximas. Voy a descansar.

–Tengo que ir a París el fin de semana que viene y pensaba quedarme un par de días para hacer turismo –Aksel hizo una pausa y la miró a los ojos–. ¿Te gustaría pasar el fin de semana conmigo?

¡Aksel quería verla en París, la ciudad de los amantes! Trató de responder con calma, a pesar de que el corazón le latía a toda velocidad.

–Podría ser divertido.

–Te lo garantizo –afirmó él con los ojos brillantes.

En ese momento le sonó el teléfono móvil. Era su secretario.

–Perdona, pero debo contestar.

Mina volvió al dormitorio a toda prisa y se dio una ducha rápida.

Sería un error dar demasiada importancia al hecho de que la hubiera invitado a ir a París, pero significaba que quería conocerla mejor, no solo en el dormitorio.

Toda una vida de práctica permitió a Aksel dedicarle una sonrisa, que ocultaba la tensión que sentía, cuando ella volvió al comedor. La condujo al ascensor.

–Te espera el coche en la parte de atrás del hotel.

Se preguntó lo que significaría el breve mensaje de su secretario: «Ha surgido un problema». Esperaba que el acuerdo comercial no se hubiera ido a pique.

Llegaron al vestíbulo y salieron por la puerta por la que habían entrado la noche anterior. Una ráfaga de viento levantó la falda de Mina y le dejó los muslos al aire.

Trató de bajársela. Otra fuerte ráfaga de viento hizo que perdiera el equilibrio, y Aksel la agarró por la cintura mientras bajaban los escalones del hotel.

–¡Aquí, Mina! –gritó una voz y un flash iluminó la calle gris.

Cuando Aksel volvió la cabeza hacia la luz, la misma voz gritó:

–Príncipe Aksel... ¡Fantástico! Mina, eres una estrella. Te pedí una exclusiva. Esto va a ser portada y me hará rico.

–¿Qué demonios...? Aksel observó el rostro pálido de Mina antes de fulminar con la mirada al hombre que estaba en la acera de enfrente, con una cámara con teleobjetivo.

El chófer de Aksel aparcó y se bajó de un salto, pero el secretario ya había abierto la puerta trasera.

–Rápido, señor...

Aksel empujó a Mina al interior antes de montarse en el vehículo. El chófer cerró la puerta. Mientra el coche se alejaba, Aksel miró al hombre con gafas sentado frente a él.

–¿Quieres decirme qué demonios pasa, Benedict?

Capítulo 4

BENEDICT Lindburg, secretario de Aksel, hizo una mueca.

–Los paparazzi están frente a la entrada principal del hotel, pero veo que no han podido salir por detrás sin que los vieran.

Aksel miró hacia atrás y vio que el periodista enfocaba la parte trasera del coche.

–Lo reconozco –miró a Mina–. Ese hombre entró anoche en el pub y lo miraste como si lo conocieras. Me dijiste que no era nadie. ¿Quién es ese hombre, cielo?

–Perdone, señor, pero tiene usted un problema –dijo Benedict en voz baja al tiempo que le pasaba un periódico.

Aksel tardó unos segundos en echar un vistazo a la portada. Lanzó una maldición.

–¿Qué posibilidades hay de que esta historia no vaya a más? –preguntó a su secretario.

–Ninguna. La foto de la señorita Hart y usted entrando anoche en el hotel por la puerta de atrás ya la han recogido los medios de Storvhal y se ha convertido en titular. Las fotos que les acaban de hacer aparecerán, sin duda, en las redes sociales.

–¡Malditos paparazzi!

–No lo entiendo –dijo Mina con voz temblorosa.

Se había quedado muda de la sorpresa al ver a Steve Garrat saliendo del hotel, pero la reacción de Aksel la había dejado confusa.

–¿Qué importa que nos vieran entrar en el hotel anoche?

Recordó que Steve Garrat lo había llamado «príncipe Aksel». Miró la portada del periódico, en la que se los veía entrar abrazados. Encima de la foto, el titular decía: *El príncipe y la actriz.*

Asombrada, miró a Aksel mientras trataba de recordar lo que sabía de Storvhal. Era un principado, como Mónaco, un estado independiente gobernado por un monarca.

Darse cuenta de la verdad le produjo el efecto de un jarro de agua fría.

–¿Eres un príncipe?

–El príncipe Aksel II, gobernador de Storvhal –respondió Benedict en tono seco mientras miraba con desaprobación su ropa arrugada.

–¿Y quién es usted?

–Benedict Lindburg, secretario de Su Alteza.

¡Su Alteza! Mina miró a Aksel al tiempo que se preguntaba si estaba a punto de despertarse. Si la noche anterior le había parecido irreal, los sucesos de esa mañana eran increíbles.

–¿Por qué no me lo dijiste?

Él la miró de forma extraña.

–¿Insistes en que no desconocías mi identidad cuando nos conocimos en el pub?

–Claro que sí –Mina vaciló al ver que él apretaba

los labios con fuerza. Su rostro parecía esculpido en mármol–. Aksel...

–Alguien tiene que haber dado el soplo a la prensa de que entraríamos en el hotel por la puerta trasera –dijo él con voz inexpresiva.

Aquello no tenía sentido. Nadie sabía que había invitado a Mina al hotel, excepto la propia Mina. Rechazó tajantemente la posibilidad de haber cometido el peor error de su vida, pero un recuerdo se le introdujo sigilosamente en la mente como una serpiente.

–Mandaste un mensaje por el móvil cuando llegamos en taxi al hotel.

–Se lo mandé a mi amiga Kat para confirmarle que estaría en la reunión de los actores de la obra esta mañana, en el teatro. Te lo enseñaré si no me crees –lo miró a los ojos y se quedó de piedra ante la frialdad de su mirada.

El secretario rompió el tenso silencio.

–¿La reunión es para hablar del anuncio que ha hecho a la prensa Joshua Hart esta mañana de que la compañía irá a Broadway con *Romeo y Julieta*?

–¿Lo ha anunciado? No he hablado con mi padre, pero sabía que estaba en negociaciones para llevar la obra a Nueva York.

–El anuncio ha recibido mucha atención en los medios, sin duda por las especulaciones sobre su relación con el príncipe Aksel –afirmó Benedict con sequedad.

Aksel masculló una maldición. Desde que gobernaba Storvhal, nunca había bajado la guardia ni había cometido un desliz... hasta que unos ojos verdes lo habían hecho perder la cabeza.

Estaba avergonzado. Tal vez fuera tan débil como su padre. Su reputación y la monarquía se verían irremediablemente dañadas si los medios de comunicación de Storvhal lo consideraban un playboy.

Miró a Mina.

–El periodista que nos estaba esperando sabía cómo te llamabas y dijo que te había pedido una exclusiva. Era el hombre del pub. Ese periodista es amigo tuyo, y le dijiste que te había invitado al hotel.

–¡No!

Aksel pensó que solo una consumada actriz podía fingir tanta inocencia. Y ella había representado a Julieta de forma totalmente convincente, y se ganaba la vida fingiendo.

Estaba furioso, pero por debajo latía el sentimiento de haber sido traicionado. Experimentó un vacío semejante al que sintió cuando era muy joven y supo que su madre lo había traicionado.

Cuando descubrió que Karena no lo quería, se sintió muy dolido. Pero mucho peor fue enterarse de que su madre había animado a la modelo rusa a seducirlo con la promesa de una vida de fama, dinero y lujo.

Tras la muerte del príncipe Geir, Irina, por motivos económicos, quiso seguir manteniendo la relación entre Rusia y Storvhal, por lo que creyó que sería beneficioso que su hijo se casara con una rusa. Al descubrir su plan, Aksel se percató de lo fría y calculadora que era su madre y de lo poco que lo quería.

Si su propia madre lo había traicionado, ¿por qué

le sorprendía que una mujer a la que había conocido en un bar hiciera lo mismo?

Mina supo por la expresión de Aksel que no la creía.

–No sabía quién eras –repitió–. Y aunque lo hubiera sabido, ¿por qué iba a contárselo a un periodista?

–Para lograr publicidad para la compañía teatral de tu padre –sugirió Benedict.

–Usted no se meta –le espetó Mina con fiereza–. No me conoce.

–Lo sé todo sobre usted –el secretario entregó a Aksel una carpeta–. En cuanto apareció la foto de ustedes entrando en el hotel en las redes sociales y me lo comunicaron, hice comprobaciones sobre usted, señorita Hart. En el informe se dan detalles de su carrera en Inglaterra y en Estados Unidos.

Mina se puso pálida al ver la carpeta en la mano de Aksel. Era indudable que el secretario habría hallado la historia sobre su supuesta relación pasional con Dexter Price, que algunos medios habían tildado de ardid publicitario para promocionar la película que habían rodado juntos.

Mina se dijo que no había hecho nada malo, pero ¿qué posibilidades tenía de que Aksel la creyera cuando ya la consideraba culpable de haberle dado el soplo a Steve Garrat?

El amante vikingo de sonrisa sexy se había convertido en un desconocido. Recordó que era lo que siempre había sido, que haberle hecho el amor como si ella fuera lo más precioso del planeta solo demostraba que el sexo se le daba muy bien.

–Aksel... –susurró.

Durante una décima de segundo creyó que la escucharía. Pero él comenzó a leer el informe.

Mina no podía soportar estar sentada a su lado mientras leía el episodio más humillante de su vida. El coche se detuvo en un atasco y, antes de que Aksel se diera cuenta de sus intenciones, abrió la puerta y saltó a la calzada.

Aksel trató de agarrarla.

–¡No seas idiota! –gritó–. ¡Vas a matarte!

Con el corazón en la boca, la observó abrirse camino entre los coches y los autobuses. Unos segundos después, su melena rojiza desaparecía por los escalones de una boca de metro. Aksel volvió a recostarse en el asiento mientras reprimía la necesidad de ir detrás de ella.

Benedict cerró la puerta del coche.

–Lo siento, señor.

–No necesito tu compasión, Ben. Solo quiero que sigas haciendo tu trabajo. ¿Has confirmado la reunión con el primer ministro danés?

–Lo haré inmediatamente, señor.

Mina oyó a su padre gritar desde el otro extremo del pasillo.

–¡Fuera de mi vista! No estoy dispuesto a aguantar que unos granujas de la prensa sensacionalista me acosen con chismes y tonterías.

Al saber que había periodistas en el despacho de su padre, Mina se metió en un armario antes de que dos hombres con cámaras fotográficas pasaran por delante.

Salió, respiró hondo y asomó con precaución la cabeza por la puerta del despacho.

–Ah, eres tú –Joshua la recibió con el ceño fruncido–. Espero que no hayas traído más periodistas.

–No –había tomado precauciones para que no la vieran los que se hallaban frente al teatro–. Es una noticia estupenda que la obra vaya a Nueva York.

–Traté de llamarte anoche para que fueras la primera en saberlo, pero no contestabas. Supongo que estabas con ese tipo –la fulminó con las mirada–. Todos los periódicos publican que sales con un príncipe.

A ella se le cayó el alma a los pies al ver varios periódicos en el escritorio de su padre.

–No salgo con él –dijo precipitadamente, pero su padre no dio muestras de haberla oído.

–Creí que ya habías tenido suficiente publicidad con la historia del director de cine americano. Pero eres una persona adulta y puedes hacer lo que quieras. No obstante, que tu vida amorosa sea portada de la prensa no es la clase de publicidad que deseo para mi familia ni para mi compañía teatral. ¿No has pensado que esto podría tener un efecto perjudicial cuando la obra se estrene en Broadway?

–¿En qué sentido?

–No quiero que el montaje se transforme en un culebrón porque Julieta se acuesta con un aristócrata europeo. Ya sabes que a los americanos les fascinan esas cosas.

Mina miró el rostro furioso de su padre. Había esperado que la apoyase, pero debía haber supuesto que estaría más preocupado por la obra que por ella.

Joshua siempre había sido un padre impredecible, y ella y sus hermanos habían aprendido a soportar sus cambios de humor y su temperamento artístico.

–Te aseguro que no era publicidad lo que buscaba. No volveré a ver a ese hombre, por lo que no tienes que preocuparte porque vaya a llamar la atención de la prensa.

Era evidente, por la rapidez con la que Aksel había creído lo peor de ella, que no tenía intención alguna de verla en París. Solo había sido para él la aventura de una noche.

Tragó saliva para deshacer el nudo que se le había formado en la garganta al recordar la ternura con la que la había besado en el hotel esa mañana.

Hizo una mueca. La actuación de Aksel había sido digna de un premio al mejor actor.

–Tu madre está preocupada –masculló Joshua–. Llámala. He dicho a los actores que vamos a reunirnos en el escenario para hablar del proyecto de Nueva York. Iré para allá cuando haga un par de llamadas.

La primera persona a la que vio Mina al entrar al teatro fue a Kat Nichols

–¡Mina! No me lo podía creer al verlo en los periódicos. ¿Quién se hubiera imaginado que el tipo rubio era un príncipe?

«Yo no», pensó Mina con tristeza.

–¿Estás bien? Algunos periódicos han sacado a relucir una vieja historia de ti y un director de cine de Los Ángeles. ¿Qué pasó exactamente entre los dos?

Mina decidió contar a Kat la verdad, ya que los periódicos habían vuelto a publicar mentiras sobre ella.

–Me eligieron para el papel protagonista en una película que se consideraba que sería un éxito de taquilla. Durante el rodaje, Dexter y yo entablamos una estrecha relación. Pensé que querría que nadie se enterara para protegerme de las habladurías, por lo que nunca salíamos para que no nos vieran juntos. Pero un periodista consiguió sacarnos unas fotos.

«Solo lo besé una vez, pero las fotos en toda la prensa parecían demostrar que teníamos una relación pasional. Resultó que él estaba casado, aunque me había dicho que estaba divorciado. Para colmo, su mujer tenía cáncer de mama.

–¡Por Dios! –exclamó Kat–. ¡Qué terrible para ella y para ti!

–La prensa publicó que había destrozado el matrimonio y que no tenía corazón. Dexter me había mentido. No sabía que estaba casado ni que su esposa estuviera gravemente enferma. Me sentí culpable de haberle hecho daño, pero a él no le importó. Dijo que la publicidad le iría bien a la película.

–¡Qué canalla! –exclamó Kat.

–Quise volver a Inglaterra inmediatamente, pero tenía que terminar la película. Por suerte, solo quedaban dos semanas de rodaje, pero los paparazzi me persiguieron hasta que me marché de Los Ángeles.

–Esta mañana han venido periodistas para que los actores habláramos de ti, pero nadie lo ha hecho.

–Ninguno sabe gran cosa sobre mí.

Aunque se llevaba bien con casi todos los actores, era reservada con su intimidad. La ponía enferma pensar que todos estarían chismorreando sobre su vida. Si Aksel le hubiera dicho quién era, no hubiera ido a su hotel.

Fue con Kat a reunirse con los demás, que estaban en el escenario. El ruido de las conversaciones cesó y se produjo un tenso silencio hasta que uno de ellos dijo:

–Eso sí que ha sido un buen ardid publicitario, Mina. La historia de tu relación con un príncipe que es uno de los solteros más cotizados de Europa ha tenido una repercusión mundial el mismo día en que se anuncia que el montaje de *Romeo y Julieta* va a Broadway. Con el interés que se ha despertado en los medios de comunicación, creo que las entradas se agotarán en Nueva York.

Mina no estaba dispuesta a que sus compañeros notaran lo humillada que se sentía. Durante su infancia, al ser sorda en una escuela para niños normales, se había creado una coraza para protegerse cuando se burlaban de ella por ser distinta. Actuar se había convertido en un modo de sobrevivir, por lo que, en aquel momento, recurrió a toda su habilidad teatral para salir de la embarazosa situación en la que se hallaba.

–Sí, me encanta que me hayan hecho fotos con un príncipe. Parece que la historia está en todas las cadenas de televisión americanas, por lo que los neoyorquinos sabrán que la obra se estrenará pronto allí. Creo que tienes razón, que llenaremos todas las noches.

Varios actores la vitorearon, pero Kat le susurró:

–¡Está aquí, Mina!

Ella se volvió y vio que un vikingo de cabello dorado la miraba. Incluso a la distancia que los separaba, se quedó helada ante la frialdad de su mirada. Él no abrió la boca.

–No lo decía en serio –dijo ella.

En silencio, él la miró unos segundos más, se dio la vuelta y se fue.

–Te juro que no sabía quién eras –gritó ella.

Pero Aksel no se volvió y, al cabo de unos segundos, desapareció.

Se marchó sin darle la oportunidad de explicarse. ¿Quién era ese hombre frío que había sustituido al tierno amante de la noche anterior?

Habían aparecido en la prensa por su culpa. Su posición real lo hacía presa de los paparazzi. Steve Garrat debió de reconocerlo en el pub, ver que subían juntos a un taxi y seguirlos al hotel. Y había conseguido la exclusiva que buscaba.

Reprimió un sollozo. Aksel se había negado a escucharla, del mismo modo que solía hacerlo su padre.

Al perder la audición, Mina también perdió la seguridad en sí misma a la hora de hablar. Tras años de terapia vocal había mejorado, pero en su interior seguía viva la niña insegura que se sentía atrapada y sola en un mundo silencioso.

Furiosa, atravesó el teatro corriendo al tiempo que maldecía a Aksel por no haberla escuchado. Ella conseguiría que le prestara atención.

Pero al llegar a la salida no lo vio por ninguna parte. Los periodistas que había en la puerta se arremolinaron a su alrededor y la acosaron a preguntas. Mina cerró de un portazo en el mismo momento en que Kat llegaba corriendo.

–Joshua está furioso. Quiere saber por qué invitaste al príncipe al teatro.

Mina gimió. Era imposible enfrentarse a su padre cuando estaba de mal humor. Pero entendía que estuviera enfadado con ella. El anuncio de las representaciones de *Romeo y Julieta* debería haber sido un momento cumbre de la carrera de Joshua, pero ella le había robado el protagonismo involuntariamente.

–Tengo que salir de aquí.

–Mi coche está aparcado en la parte de atrás –dijo Kat–. Pero, Mina, esta mañana he pasado por delante de tu casa y había periodistas en la puerta.

–No voy a casa –respondió ella con determinación–. ¿Me llevas al aeropuerto?

Benedict Lindburg, sentado en la parte delantera de la limusina, miró el rostro de Aksel cuando se subió al vehículo y, prudentemente, no dijo nada.

Aksel pensó que al menos su secretario sabía cuándo reservarse la opinión. Activó la pantalla que lo separaba de los ocupantes de la parte delantera. Era poco probable que su principal consejero demostrara la misma diplomacia. Hizo una mueca al oír que sonaba el móvil y ver que era Harald Petersen quien llamaba.

–Es un asunto personal –le explicó Aksel con sequedad, en respuesta a la pregunta de por qué había retrasado el vuelo de vuelta a Storvhal.

–Veo que ha anulado todas las reuniones que tenía esta tarde. Si tiene algún problema, señor, espero resultarle de ayuda.

El problema, como Harald sabía perfectamente, era la fotografía de Mina y él que había aparecido en todos los periódicos del mundo.

Pero el verdadero problema era él. Maldijo el impulso que lo había llevado a pedirle al chófer, de camino al aeropuerto, que diera la vuelta y lo llevara a The Globe. Había recordado que la noche anterior había un evento solidario en el hotel y que había periodistas en la puerta principal, y tal vez en el resto de las entradas, por lo que podría haberse equivocado al acusar a Mina de haber pasado la información al periodista.

El artículo en el que se describía la relación de ella con el director de cine americano no hablaba en su favor, pero a Aksel le costó trabajo reconocer que la joven bonita y sin corazón que describía el periódico fuera la misma que había conocido, con aquel aspecto inocente que lo había conmovido.

Pero ya sabía que era fingido. Después de haber oído lo que Mina había dicho en el teatro, había descubierto la verdad. Y saber que Mina era tan calculadora y mercenaria como su madre y Karena lo había llenado de ira.

–La fotografía del periódico puede tener repercusión en Storvhal –dijo Harald Petersen–. Me temo que a la gente le recordará la imagen de playboy de su padre, por lo que es imprescindible concebir una estrategia para limitar los daños. Usted podría hacer una declaración negando tener relación alguna con la señorita Hart, aunque sería poco creíble, ya que hay una segunda foto en la que se los ve salir juntos del hotel. Supongo que no volverá a verla. Los habitantes de Storvhal no aprobarán su aventura con ella, y creo que no necesito recordarle que su deber está por encima de todo lo demás.

Aksel apretó los dientes.

–Tienes razón, no hace falta que me recuerdes cuál es mi deber. Tú, Harald, más que nadie, sabes los sacrificios que he hecho para asegurar la estabilidad del país cuando estaban a punto de producirse disturbios. Solo tú sabes que Karena me dio un hijo ilegítimo, que murió, pero cuya breve existencia llevo ya ocho años manteniendo en secreto porque sabía que debía centrarme en gobernar Storvhal y en tratar de reparar el daño que mi padre había causado a la monarquía.

Su tono se endureció al tratar de ocultar sus emociones.

–No me recuerdes cuál es mi deber, Harald. Cuando me coronaron, juré que satisfaría las expectativas de mi pueblo con respecto a su príncipe, pero he pagado un precio que me perseguirá siempre.

Una vez concluida la llamada, Aksel apoyó la cabeza en el respaldo del asiento. Lo había dado todo por Storvhal. Se había esforzado en ser perfecto, aunque eso hubiera supuesto tener que ocultar la pena por la pérdida de su hijo.

El niño había nacido en Rusia y solo había vivido unas semanas. Perder a Finn lo había destrozado. Cada vez que su abuela le recordaba la necesidad de tener un heredero, él recordaba a su hijo, y el dolor reaparecía. Pero su abuela no sabía cómo se sentía. Nadie en el mundo, salvo Harald, sabía nada del nacimiento de Finn.

Volvió a pensar en Mina y, por algún motivo inexplicable, el dolor se intensificó. Hizo una mueca. Aunque había tenido sexo con ella, se dijo que no lo había conmovido en el plano emocional. Había enterrado su corazón junto a su hijo, y el Príncipe de Hielo, como lo llamaban sus empleados a sus espaldas, era incapaz de sentir.

Capítulo 5

MINA no estaba preparada para el frío polar que sintió al salir del edificio del aeropuerto de Storvhal.

–¿Estás segura de lo que vas a hacer? –le había preguntado Kat al dejarla en el aeropuerto de Heathrow–. ¿Y dónde está Storvhal?

–Es una isla situada en la frontera norte entre Noruega y Rusia.

Kate miró la fina falda de algodón y la chaqueta que su amiga llevaba puestas.

–En ese caso, será mejor que te preste mi abrigo.

Mina era reacia a ponerse el abrigo púrpura de su amiga, con una capucha adornada con plumas de marabú rosas, pero no tuvo valor para negarse.

Gracias a esa prenda y a los guantes y botas forrados de piel que había comprado en el aeropuerto, además de otros artículos básicos, pudo salir al hielo y la nieve.

El hecho de que fuera de noche a las tres de la tarde fue otra sorpresa. Pero Mina recordó que estaba en el Círculo Polar Ártico. Según la guía que había comprado, pronto llegaría la noche polar a Storvhal, lo que implicaba que no habría luz de octubre a febrero.

No pensaba quedarse mucho tiempo allí, aunque no estaba muy segura de sus planes. Al salir de Inglaterra estaba furiosa con Aksel y resuelta a defenderse. Pero, al llegar a aquel país helado y desconocido, había comenzado a dudar de su buen juicio.

Su hermana le reprochaba ser demasiado impulsiva. Mina sintió una punzada de nostalgia y deseó estar en Sicilia con Darcey y Salvatore. Su cuñado la había recibido muy bien el verano anterior, cuando había ido a visitarlos. Era maravilloso que Darcey estuviera tan enamorada y fuera tan feliz. Su guapo esposo la adoraba, y Mina no pudo evitar sentir un poco de envidia.

Se dirigió hacia la parada de taxis frente a la terminal. El taxista hablaba inglés con fluidez y asintió cuando le pidió que la llevara al Palacio Real.

–Llegará a tiempo para la última visita –comentó el hombre–. Es un edificio espectacular, que construyó en el siglo XII un guerrero vikingo que fue nuestro primer príncipe. Si echa un vistazo al periódico, verá que el actual aparece en los titulares de hoy.

Mina miró el periódico que había a su lado, en el asiento, y se le cayó el alma a los pies al ver que se trataba de una edición posterior a la de la mañana, ya que en la foto de portada se veía a Aksel y a ella saliendo del hotel, ella con la falda levantada por el viento y con el cabello despeinado, como si se acabara de levantar de la cama. Aksel le rodeaba la cintura con el brazo y tenía la expresión satisfecha de un hombre que acaba de pasar una noche de tórrida pasión.

–Según la prensa, el príncipe está teniendo una

aventura con una actriz inglesa –prosiguió el taxista–. Nos interesa mucho la vida privada de nuestro príncipe porque tememos que se vuelva como su padre.

–¿Qué le pasaba a su padre?

–El príncipe Geir no fue un buen gobernante. Le interesaba más pasárselo bien con hermosas mujeres en su yate, en Mónaco, que gobernar el país. No contribuyó a su popularidad que se casara con una rusa. Desde el punto de vista histórico, nuestro país ha desconfiado de Rusia. Al príncipe Geir lo acusaron de llegar a acuerdos secretos con empresas rusas y de incrementar su patrimonio vendiendo los recursos naturales del país.

–Desde que el príncipe Aksel llegó al poder, ha evitado cualquier tipo de escándalo y ha devuelto el apoyo popular a la monarquía. No le gustará que su vida privada se exponga públicamente, y estoy seguro de que a la princesa no le habrá hecho ninguna gracia.

–¿La princesa? ¿Es que el príncipe está casado?

Aksel le había dicho que no era así, pero podía haberle mentido. Mina sintió un escalofrío al recordar lo sucedido con Dexter y pensar que podía haber cometido dos veces el mismo error.

–No, me refiero a la princesa Eldrun, la abuela del príncipe. Reinó en Storvhal durante muchos años con su esposo, el príncipe Fredrik. Cuando este murió y el príncipe Geir heredó el trono, la princesa no ocultó su desilusión ante el mal gobierno de su hijo. Geir se mató en un accidente de helicóptero cuando iba a ver a una de sus múltiples amantes. Es sabido que la princesa espera que su nieto elija a una mujer de aquí para casarse y tener un heredero.

Habían abandonado la carretera principal y habían tomado un camino de gravilla que atravesaba un enorme parque. Apareció el Palacio Real, que, con sus altos torreones y ventanas en forma de arco, parecía un castillo de cuento de hadas.

El taxista la dejó en la entrada del palacio y ella se puso a la cola de la gente que esperaba para realizar una visita guiada.

Un folleto informativo explicaba que el público podía entrar en la biblioteca y en diversas salas, convertidas en museo.

La visita resultó fascinante, pero Mina no estaba de humor para apreciar la belleza de lo que veía.

Se volvió hacia la guía.

–¿Dónde puedo ver al príncipe Aksel?

–No puede verlo –la guía pareció sorprendida, pero su expresión cambió al pensar que había entendido mal a Mina–. ¿Quiere comprar una foto del príncipe? Vendemos recuerdos en la tienda de regalos. El palacio está a punto de cerrar, pero puede ir a la tienda al salir.

La guía se marchó dejando a Mina con una incómoda sensación de ridículo. ¿Cómo se le había ocurrido que entraría en el palacio y encontraría a Aksel? Era como esperar ver a la reina de Inglaterra en Buckingham Palace cuando estaba abierto al público en verano. Pero lo cierto era que no había pensado en nada más que en que tenía que encontrar a Aksel y convencerlo de que no lo había traicionado.

El efecto de la adrenalina, que se le había disparado desde que había llegado a Storvhal y se había preparado mentalmente para enfrentarse a Aksel, iba desapareciendo.

Estaba exhausta, lo cual no era de extrañar teniendo en cuenta lo poco que había dormido la noche anterior. Era muy frustrante saber que Aksel estaba en algún lugar del enorme edificio, pero que no iba a verlo.

Miró por la ventana y se dio cuenta de que daba al terreno que rodeaba la parte de atrás del palacio. Había un todoterreno aparcado y alguien estaba a punto de montarse en él. Mina lo reconoció de inmediato.

Era Aksel.

Comenzó a dar golpecitos de forma frenética en el cristal para atraer su atención. Él no alzó la vista. Mina vio que sacaba su móvil de la chaqueta y volvía a entrar en el palacio.

En ese momento, la guía entró con los visitantes en la tienda de regalos. Ella pasó por delante, salió del palacio y empezó a correr. Nadie pareció darse cuenta de su presencia.

Cuando llegó adonde estaba el coche vio que tenía el motor encendido, pero no había rastro alguno de Aksel.

Los ojos le lloraban del frío y estaba empezando a nevar. Se iba a congelar si seguía mucho tiempo fuera, pero se negaba a desperdiciar la única oportunidad de hablar con Aksel.

Pasaron unos minutos y dejó de sentir los dedos de los pies y de las manos. Decidió esperar en el coche. Abrió la puerta trasera y se subió.

La envolvió el calor del interior. Poco a poco

dejó de tiritar y, vencida por el cansancio, se tumbó en el asiento y cerró los ojos para descansar un minuto.

La nieve caía tan espesa que el parabrisas no daba abasto. Aksel sabía que conducir hasta la montaña a mediados de octubre era peligroso, pero la previsión del tiempo había sido buena, por lo que decidió ir a la cabaña un último fin de semana, antes de que llegara el invierno.

Supuso que la tormenta de nieve había pillado por sorpresa a los meteorólogos. La carretera del valle ya sería impracticable, por lo que carecía de sentido dar la vuelta.

Debería haber hecho caso a su consejero principal y haberse quedado en el palacio. Pero no estaba de humor para soportar la expresión dolorida de Harald Petersen mientras leía las últimas revelaciones periodísticas sobre la aventura amorosa del monarca de Storvhal con la actriz Mina Hart.

¡La aventura amorosa! Aksel soltó una cínica carcajada. La emoción no había intervenido en la noche que había pasado con Mina. La prensa se hubiera acercado más a la verdad de haberlo acusado de tener sexo ocasional con ella. Pero se suponía que él no podía comportarse así, ya que su pueblo no toleraría otro playboy como rey.

Menos mal que había conseguido que su abuela no se enterara del asunto. El corazón de la princesa estaba muy débil, y el rumor de que su nieto seguía los pasos de su hijo la destrozaría.

Aksel apretó con fuerza el volante. El ardid publicitario de Mina podía tener consecuencias horribles para la salud de su abuela.

Recordó el rostro afligido de ella cuando él se había marchado de The Globe. La había oído decir que los rumores de que tenía una aventura con él habían conseguido una enorme repercusión en los medios de comunicación para el montaje de *Romeo y Julieta* que dirigía su padre. Entonces, ¿por qué le quedaba la duda de haberla juzgado mal?

Porque era idiota, se dijo, enfadado. Debería despreciarla, pero no podía dejar de pensar en ella ni de recordarla en sus brazos.

Un movimiento repentino en el espejo retrovisor atrajo su atención. Una figura sin rostro apareció en el asiento trasero.

Aksel tuvo miedo. Recordó las advertencias de su consejero de que debería tener más cuidado con su seguridad personal. Pero se negaba a llevar un arma porque podía quitarle la vida a alguien. Se había dado cuenta de lo definitiva que era la muerte al acunar el cuerpo sin vida de su hijo. La experiencia lo había afectado mucho y había hecho que apreciara el valor inconmensurable de la vida.

Solo esperaba que quién viajara de polizón en el coche valorara la suya. Sabía que contaba con el apoyo de la mayor parte de la población, pero ningún dirigente ni figura pública se hallaba totalmente a salvo de la amenaza de ser asesinado.

¿Le irían a disparar en la nuca?

¡De ningún modo! Su instinto de supervivencia

entró en acción y Aksel frenó bruscamente, lo que hizo que la figura sin rostro cayera hacia atrás.

Se bajó del coche de un salto y abrió la puerta trasera. La luz interior se encendió automáticamente y Aksel vio una figura envuelta en un abrigo de color púrpura con una capucha adornada con plumas de color rosa.

Consciente de que podía tener un arma, la agarró del brazo y le bajó la capucha del abrigo, que dejó al descubierto una masa de sedoso pelo rojizo y unos profundos ojos verdes.

–¿Mina?

Su cerebro no comprendía lo que veían sus ojos. Estaba recorriendo un glaciar en medio de una tormenta de nieve, por lo que era imposible que la mujer en la que llevaba pensando todo el día lo mirara sin pronunciar palabra.

–¿Qué haces aquí? ¿Cómo te has subido al coche?

Perdió los estribos ante su falta de respuesta. La nieve los estaba envolviendo. La fulminó con la mirada.

–¿A qué juegas? ¡Contesta, maldita sea! ¿Por qué te haces la sorda?

–No me lo hago –respondió ella con voz trémula.

Mina miró el rostro furioso de Aksel. Sabía que estaba chillando por la forma de moverse de sus labios, pero no lo oía. No oía nada.

Al despertarse, confusa y desorientada, había tardado unos segundos en darse cuenta de por qué reinaba el silencio más absoluto. Las pilas de los audífonos se habían gastado, a pesar de que las había cambiado esa mañana en el hotel de Aksel. Probablemente no estuvieran cargadas del todo.

Dijo con voz temblorosa:

–Tengo una grave discapacidad auditiva y necesito audífonos –abrió la mano y le enseñó los dos minúsculos aparatos que se había quitado–. Me he quedado sin pilas, pero puedo leerte los labios si te miro a la boca cuando hables.

Fue una de las pocas veces en su vida en la que Aksel no supo qué decir.

–¿Me estás diciendo en serio que no oyes o tratas de gastarme una broma de mal gusto?

–No hago bromas sobre eso. Soy sorda desde niña. La mayoría de la gente no sabe que no oigo porque los audífonos me permiten llevar una vida normal y porque se me da bien ocultar mi discapacidad a los desconocidos.

–Anoche tuvimos toda la intimidad de la que dos personas pueden disfrutar. ¿Por qué no me lo dijiste?

–Supongo que por la misma razón que tú no me dijiste quién eras. No estaba preparada para hablarte de mí. Y es evidente que seguimos siendo dos desconocidos porque, si no, no hubieras creído que le había hablado a la prensa de nosotros.

Aksel frunció el ceño. La nieve se le había amontonado alrededor de las piernas y, más importante aún, en torno a las ruedas del coche. Tenía que mover el vehículo o se arriesgaban a quedarse atrapados en la carretera. Pero aún le quedaban un par de preguntas.

–¿Por qué demonios vas disfrazada?

Mina se miró el horrendo abrigo púrpura.

–El abrigo me lo ha prestado mi amiga Kat porque

yo solo llevaba una chaqueta fina. Kat tiene un sentido de la moda poco común, pero ha sido muy amable.

–¿No llevas ropa contra el frío debajo de eso?

–No sabía que la necesitaría cuando me subí al coche en el palacio. Habías entrado para hablar por teléfono y decidí esperarte, pero me quedé dormida.

–Me sorprende que no te hayas traído a tu amigo el periodista –afirmó él con amargura.

–No soy amiga de ningún periodista.

–El hombre del pub.

Mina hizo una mueca.

–Te juro que Steve Garrat no es amigo mío.

Aksel se sacudió la nieve del pelo. Deseaba dar la vuelta y llevar a Mina al aeropuerto, pero el tiempo estaba empeorando, por lo que lo único que podía hacer era conducirla a la cabaña.

–Tendremos que dejar la conversación para después –dijo al tiempo que se daba la vuelta.

Como ella no le respondió, supo que no lo había oído. La única forma de comunicarse era que ella le leyera los labios. Las cosas comenzaban a encajar. La noche anterior, él había creído que ella lo miraba con tanta intensidad porque le resultaba atractivo, pero resultaba que le miraba los labios cuando hablaba para ocultar que era sorda.

Se necesitaba valor para no dejar que la sordera influyera en tu vida, pensó Aksel al tiempo que sentía una involuntaria admiración por ella. Era incapaz de imaginar cómo sería vivir en un mundo en silencio, pero creía que uno debía de sentirse muy solo.

No quería admirar a Mina ni llevarla a la cabaña. Amenazaba su paz de espíritu, sobre todo porque no podía olvidar la pasión desenfrenada que se había producido entre los dos la noche anterior. Lanzó un juramento mientras se ponía al volante para recorrer el resto del camino.

–¿Dónde estamos? –preguntó Mina al bajar del coche. Agarró a Aksel del brazo para que se diera la vuelta y poder verle el rostro.

Habían llegado a un edificio que parecía estar en medio de la nada. Aksel había metido el coche dentro de él y la luz de los faros reveló que se hallaban en una especie de almacén. No había calefacción, y Mina ya estaba tiritando.

–Solo se llega hasta aquí por carretera. Ahora tenemos que ir en motonieve.

Aksel señaló un artefacto que parecía una moto con esquís.

¿Ir adonde? Mina miró la moto, nerviosa.

–¿Esperas que me suba a eso?

–No esperaba que estuvieras aquí –respondió Aksel despacio para que ella le leyera los labios.

El brillo de sus ojos indicó a Mina que estaba furioso. Se acercó a un armario y sacó varias prendas y luego volvió a ponerse frente a ella.

–Por suerte, mi hermana tiene aquí ropa para una emergencia.

–No sabía que tuvieras una hermana.

–Hay muchas cosas que no sabes de mí –le entregó la ropa–. Ponte un par de sudaderas debajo del traje de nieve. Cuantas más capas de ropa lleves, más caliente estarás.

Mina dudaba que volviera a sentir calor en su vida. Tuvo que quitarse la falda para ponerse el traje de nieve, pero tenía los dedos tan entumecidos que todo el proceso le resultó difícil. Cuando hubo terminado, Aksel le dio un casco y se montó en la moto al tiempo que le indicaba que ella lo hiciera detrás.

–¿Y si me caigo? –preguntó ella, preocupada.

–Te quedarás allí –respondió él.

Mina no había tenido tanto miedo en su vida. Aksel conducía la moto por un terreno helado que se extendía en todas direcciones. Ella cerró los ojos y se aferró con más fuerza a Aksel. Su cuerpo fuerte y poderoso la tranquilizaba. Lo recordó desnudo, su pecho de piel dorada aplastándole los senos y su excitada masculinidad abriéndose paso entre sus muslos. El miedo le desapareció.

Por fin, apareció una cabaña de troncos en cuyo interior se veía luz. Mina se sintió aliviada porque creyó que podría recargar las pilas. Siempre llevaba el cargador consigo, pero necesitaba enchufarlo a una fuente de electricidad.

Mientras Aksel la ayudaba a bajar de la moto, un hombre de aspecto extraño salió de las sombras. Llevaba puesto lo que parecía un traje tradicional, con la piel de un animal sobre los hombros. Mina lo observó mientras hablaba con Aksel en una lengua que no reconoció.

–Se llama Isku –dijo Aksel cuando el hombre se hubo marchado en un trineo tirado por perros–. Es miembro de los sami. Son pastores de renos y viven de acuerdo a tradiciones antiguas. La familia de Isku está acampada cerca de aquí. Ha venido a encender la caldera y la chimenea.

–La cabaña es muy bonita. Me recuerda a la de un oso en un cuento infantil.

Aksel desató las bolsas de viaje de la parte trasera de la moto y se volvió hacia ella para que pudiera verle el rostro.

–No hay osos pardos en Storvhal y es muy raro que un oso suba a esta altitud. El único depredador que es posible ver cerca de la casa es el lobo.

Observó su expresión asustada mientras se apresuraba a entrar en la cabaña y pensó que era una suerte que no pudiera oír aullar a los lobos.

El fuego ardía en la chimenea. Mina pronto entró en calor y comenzó a quitarse la ropa que Aksel le había prestado. Se dio cuenta de que se debía de haber dejado la falda en el coche al cambiarse.

Aksel se quitó las botas y el traje de nieve y se dirigió al mueble bar, donde se sirvió algo de beber, que se tomó de un trago. Miró a Mina, que se desnudaba frente al fuego, y comenzó a excitarse. Reconoció la camisa que llevaba: era la misma que le había quitado en el hotel. No sabía dónde estaría la falda, pero deseó que se la pusiera enseguida, ya que la camisa solo le llegaba a las caderas.

Con el pelo rojizo cayéndole sobre los hombros y los ojos verdes fijos en él, estaba increíblemente sensual. Aksel deseó olvidar quién era y besarla hasta que le rogara que la tumbara en la alfombra y le quitara la ropa.

Tomó otro vaso y la botella de licor y se acercó a la chimenea. Llenó el vaso hasta la mitad y se lo tendió a Mina.

–Toma.

Mina dio un sorbo con precaución del líquido transparente y tosió.

–¡Qué fuerte! ¿Qué es?

–*Akevitt*, un licor escandinavo tradicional. La versión nuestra es anisada.

Mina pensó que unos sorbos más de aquella temible bebida la dejarían inconsciente. Dejó el vaso en una mesa y sacó el cargador del bolso.

–Tengo que enchufarlo para recargar las pilas de los audífonos.

Aksel frunció el ceño.

–En la cabaña no hay electricidad. Las lámparas son de aceite y la caldera de leña calienta el depósito del agua caliente. Lo único moderno que tengo aquí es un teléfono por satélite para que mis ministros hablen conmigo si es necesario. ¿No llevas pilas de repuesto?

–Los dos pares que llevo conmigo están gastados.

Mina no había pensado que se quedaría sin pilas. La pérdida auditiva que padecía solo le permitía oír ciertos sonidos muy altos, pero no oiría a Aksel aunque gritara con todas sus fuerzas.

–Lo siento, te he fastidiado el viaje, pero debo pedirte que me devuelvas a la civilización.

Él se encogió de hombros.

–No puedo llevarte a ningún sitio. La nevada habrá cortado las carreteras del valle, y vuelve a nevar.

Se cruzó de brazos y apretó los dientes al contemplar el estado de semidesnudez en el que ella se hallaba.

–Puede que estemos aquí atrapados durante días –afirmó con expresión adusta.

Capítulo 6

AMINA se le cayó el alma a los pies al mirar por la ventana y ver que la tormenta de nieve había arreciado. Habían llegado a la cabaña justo antes de que el tiempo empeorara aún más.

Aksel la agarró de la barbilla y le giró la cabeza para que le leyera los labios.

–¿Por qué has venido a Storvhal?

Por la rigidez de la mandíbula, ella dedujo que estaba muy irritado, a pesar de no poder oírle. Comenzó a enfadarse al pensar que tenía tanto derecho como él a estar afectada por las fotos de los periódicos, ya que habían sido objetivo de los paparazzi porque era el príncipe de Storvhal.

Decidió responderle con sinceridad.

–Antes de salir del hotel esta mañana, me pediste que nos viéramos en París.

Hizo una pausa. Se sentía tímida al no poder oírse al hablar.

–Me dijiste que hacer el amor conmigo había sido perfecto –lo miró a los ojos retándolo a que lo negara–. ¿Por qué te marchaste del teatro sin escucharme?

–Le dijiste a la prensa que habíamos pasado la noche juntos y me utilizaste para hacerte publicidad, porque sabías que tener una aventura con un príncipe te haría famosa, lo cual te vendría muy bien al representar *Romeo y Julieta* en Nueva York.

Aksel trató de controlar su ira.

–El periodista que nos esperaba a la salida del hotel esta mañana era el hombre al que mirabas en el pub. Te llamó por tu nombre. Es evidente que lo conoces, así que no lo niegues.

–Se llama Steve Garrat. Es cierto que lo reconocí cuando entró en el pub, pero no es mi amigo. De hecho, me fui antes del pub por su culpa. Lo odio por haber escrito un montón de mentiras sobre mí. Tu secretario ha desenterrado toda la basura sobre mi supuesta relación con Dexter Price, pero la mayor parte de lo que se escribió es falsa. No sabía que Dexter estuviera casado ni que su esposa estuviera enferma. Me dijo que estaba divorciado y nos hicimos muy amigos durante el rodaje de la película en Los Ángeles. Pero me acusó de tener una tórrida aventura con él y de tratar de romper su matrimonio.

Cruzaron por su mente los recuerdos de lo herida y humillada que se había sentido.

–Nadie me hace nunca caso: ni la prensa, ni mi padre... ni tú. Ser sorda no implica que no se me escuche. No le dije a nadie que me habías invitado al hotel y no sabía quién eras cuando nos conocimos.

Deseó que le funcionaran los audífonos. Estar tan cerca de Aksel mirándolo directamente a la cara creaba entre ellos una sensación muy intensa.

–Solo eras un hombre –prosiguió ella con voz ronca–. Un hermoso desconocido. No podía apartar la vista de ti, y accedí a ir a tu hotel porque me abrumaste. Hacer el amor contigo ha sido la mejor experiencia de mi vida. Creí que también había sido especial para ti, no la aventura de una noche, porque me pediste que pasara un fin de semana contigo en París.

–No fue especial.

Aksel no hizo caso del sentimiento de culpa que experimentó al ver el dolor en los ojos de ella. A pesar de que estaba convencido de que había dado el soplo a la prensa, comenzó a preguntarse si no se habría equivocado. La expresión de desagrado de Mina al ver al periodista frente al hotel había sido evidente. Sin embargo, se dijo que era una actriz de talento. Y su propio instinto no era infalible, ya que había confiado en Karena.

–Tener sexo contigo fue agradable, pero solo eso, y no voy a fingir que anoche me supuso algo más que unas horas de placer.

Le pareció brutal mirarla a los ojos al decirle esas duras palabras. Normalmente, cuando se libraba de una mujer, evitaba el contacto ocular.

–Mira... –prosiguió nervioso por la intensa mirada de ella

–Me dejé llevar por la obra. Al verte en el escenario, Julieta me cautivó. Pero Julieta no es real. La mujer que vi no existe. Fue un error por mi parte olvidarlo cuando nos conocimos en el pub.

Era la única explicación que Aksel halló para un comportamiento tan impropio de él. Nunca había hecho nada que pudiera dañar su reputación de gobernante responsable.

Incluso había ocultado la breve existencia de su hijo por el bien de la Corona, un secreto que le corroía por dentro.

–Hice el amor con Julieta. Durante una noche me olvidé de que pertenecía a una antigua dinastía real. Fui, como dices, solo un hombre que deseaba a una hermosa mujer. Pero la fantasía terminó por la mañana. Tú eres actriz y yo gobierno mi país. Nuestras vidas están obligadas a tomar caminos distintos.

Mina se estremeció ante su franqueza. Teóricamente había ido a Storvhal a limpiar su nombre y a convencer a Aksel de que no había hablado con la prensa. Pero en el fondo sabía que la verdadera razón de haber ido a buscarlo era la profunda conexión que había sentido con él al hacer el amor.

Y había creído que el sentimiento era mutuo. Las frías palabras de Aksel le habían demostrado que no era así.

–Entonces, ¿por qué me invitaste a París?

–Porque parecías triste cuando te dije que estaba a punto de volver a Storvhal. Me pareció más amable dejar que creyeras que estaba interesado en volverte a ver.

Mina se sintió humillada y se reprochó el haber sido tan estúpida. Aksel había hecho el amor con una mujer imaginaria. Era Julieta quien lo había cautivado, no Mina Hart. Según él, no había habido conexión alguna por su parte con ella. Lo había malinterpretado todo.

Pero ¿era así?

Su mente volvió a la noche anterior y al fiero brillo de los ojos de Aksel justo antes de llegar al clímax dentro de ella. Durante unos segundos, cuando ambos planeaban al borde del paraíso, ella había sentido que sus almas se habían unido y que algo profundo e indefinible había sucedido entre ambos.

La noche anterior, los audífonos le funcionaban. ¿Había fingido Aksel la emoción con que ella lo escuchó gemir al desplomarse en sus brazos?

Él se llevó la copa a los labios y se tomó el contenido de un trago.

Mina se dijo que, aunque él negara que sintiera algo por ella, había visto el deseo en sus ojos. Hacer el amor la noche anterior había sido especial. La ternura de Aksel no se la había imaginado, y estaba convencida de que habían compartido algo más que un acto físico.

Mina estaba acostumbrada a interpretar los sutiles detalles del lenguaje corporal, y la tensión que mostraba Aksel le indicaba que no le había dicho toda la verdad.

–¿Así que deseaste a Julieta, no a Mina, la mujer de verdad?

Como él no la miraba, le puso la mano en la mejilla para que volviera la cabeza hacia ella.

–Demuéstramelo.

Él frunció el ceño.

¿A qué te refieres?

–Bésame y demuéstrame que no te excito.

–No seas ridícula.

Ella se puso de puntillas y aproximó su rostro al de él. Al haberse visto privada del oído, los otros sentidos se le habían desarrollado más, por lo que percibió el ritmo irregular del corazón de Aksel y su rápida respiración.

–¿Qué temes? –preguntó ella, pegada a su boca–. Si te beso y no reaccionas, sabré que has dicho la verdad y que no me deseas.

«¿Estás loca?», oyó que le decía una voz en su interior. «No lo hagas».

Si él la rechazaba, se moriría de humillación. Pero la vida le había enseñado que había que luchar por lo que se deseaba.

Si pudiera romper el frío desapego de Aksel, estaba convencida de que reencontraría al tierno amante que había sido la noche anterior.

Sintió su cálido aliento en la piel. Él se había puesto tenso, pero no la había rechazado, por lo que, antes de perder el valor, salvó la escasa distancia que los separaba y pegó sus labios a los de él.

Aksel no reaccionó ni siquiera cuando ella aumentó la presión sobre sus labios y recorrió su contorno con la punta de la lengua. Él tomó aire con fuerza, lo que ella aprovechó para introducirle la lengua.

Aksel la agarró de los hombros con fuerza. Mina creyó que iba a apartarla. Pero, increíblemente, comenzó a besarla, al principio con precaución, como si estuviera luchando consigo mismo.

Mina apretó su cuerpo contra el de él, de modo que los senos se le aplastaron contra su pecho, al tiempo que no dejaba de mover los labios tentándolo hasta que él no pudo seguir soportando aquella dulce tortura.

Le soltó los hombros y la agarró del cabello para

sujetarla mejor mientras le demostraba su maestría al besar y tomaba el control de la situación.

La pasión explotó violentamente entre ellos y los enardeció. El deseo de él hizo que Mina se derritiera mientras respondía a sus exigentes besos con exigencias propias. Le introdujo los dedos en el cabello antes de recorrerle el rostro con la punta de los mismos.

Él la levantó y ella le rodeó la cintura con las piernas mientras la llevaba al dormitorio. Mina percibió vagamente que la chimenea estaba encendida y que una lámpara de aceite proyectaba luz sobre la cama.

El colchón se hundió cuando Aksel la depositó encima de él y se arrodilló sobre ella. Sus ojos habían perdido la frialdad y ardían de un deseo similar al que Mina sentía.

Ella estaba exultante porque su instinto femenino no se había equivocado: la deseaba. La excusa de que había deseado a Julieta era falsa.

Aksel le abrió la camisa de un tirón y se la echó hacia atrás. Le desabrochó el sujetador y los senos de ella quedaron al descubierto. Antes de que él se los tocara, los pezones se le habían endurecido. Aksel alzó la cabeza y la miró.

–Me vuelves loco.

Ella le leyó los labios y sonrió.

–¿Quién soy?

–Mina.

–¿No Julieta?

–Eres una bruja.

Ella hacía que se olvidara de su posición y de su vida de responsabilidades y deberes; hacía que se olvidara de todo salvo del deseo, que no se parecía en nada al que había sentido por otras mujeres. Tomó sus senos en las manos y le acarició los pezones con los pulgares. Sonrió al oír que ella contenía bruscamente la respiración.

Mina ahogó un grito cuando él llevó la boca de uno a otro y se los lamió hasta que el placer le resultó insoportable. Sintió su erección y le bajó la cremallera de los vaqueros con torpeza. Deseaba que él la tomara. Le resultó muy excitante que él se bajara los pantalones sin quitárselos, demasiado impaciente por poseerla para desvestirse del todo.

Ella le abrió la camisa y le acarició el vello del pecho. Él le bajó las braguitas y le puso las manos entre los muslos para abrírselos y acariciarla donde ella quería.

Mina cerró los ojos y se sumergió en un mundo silencioso donde sus otros sentidos dominaban. Al sentir que él la abría y deslizaba el dedo por la humedad que había entre sus piernas estuvo a punto de alcanzar el clímax. Arqueó las caderas para indicarle sin palabras que quería que le introdujera el dedo. Ella tomó su potente erección en la mano y se estremeció de excitación al recordar cómo la había llenado la noche anterior.

Le miró el rostro. No era un desconocido, lo conocía desde siempre. Sonrió, pero Aksel se puso tenso y se reprochó su estupidez en silencio.

La realidad volvió a atraparlo con fuerza. Había muchas razones para no dejar que aquello continuara, pero la fundamental era que no podía tener sexo con Mina sin protección. Nunca llevaba a mujeres a su santuario privado, por lo que no tenía preservativos en la cabaña. Tal vez Mina usara algún método anticonceptivo, pero Karena le había dicho que tomaba la píldora, y, desde entonces, no se fiaba de ninguna mujer.

Aunque estaba tentado de embestir a Mina entre los suaves muslos, no lo haría, ya que no podía arriesgarse a dejarla embarazada.

–No te detengas –murmuró ella.

Sus palabras afectaron a Aksel más de lo que hubiera deseado. Se preguntó si oiría su propia voz o si era consciente del ruego que había en ella. Miró su esbelto cuerpo, desnudo sobre la cama, y no pudo rechazarla cuando ella era tan vulnerable.

¿Cómo había consentido que las cosas llegaran tan lejos? Debería haberse resistido, pero la sensualidad de sus besos lo había hecho perder el juicio.

Ella le rodeó el cuello con los brazos y le bajó la cabeza al tiempo que entreabría los labios, una invitación que él no pudo rechazar. Se lanzó a su boca al tiempo que el deseo volvía a invadirlo.

Ella movió las caderas repetidamente. Su sexo le empujaba la mano.

Sería una crueldad negarle lo que deseaba, pensó Aksel. Podía proporcionar a Mina placer, aunque no pudiera darle nada más.

El gemido que ella soltó cuando le introdujo un segundo dedo y comenzó a mover ambos de forma rítmica le indicó que estaba a punto de alcanzar el clímax. Se obligó a no hacer caso de su propio deseo y se concentró en ella, que cerró los ojos mientras su cuerpo comenzaba a temblar.

–Aksel... –gritó.

Su grito lo conmovió. No sabía por qué quería abrazarla y acunarla mientras los temblores disminuían. Sus lágrimas consiguieron que se odiara a sí mismo. Ella había venido desde Inglaterra a buscarlo porque creía que la noche anterior había sido especial para ambos. La brutal verdad iba a herir sus sentimientos, pensó él mientras se separaba de ella.

Mina vio que Aksel se levantaba, y la languidez posterior al orgasmo se convirtió en excitación al creer que él se quitaría los vaqueros y se colocaría sobre ella. A pesar del placer que había experimentado, estaba desesperada por sentir su masculinidad en su interior.

Pero Aksel no se desnudó, sino que se subió la cremallera de los pantalones. La confusión de Mina aumentó cuando vio que se dirigía a la puerta.

–¿Qué pasa, Aksel?

Él se dio la vuelta para que le viera el rostro y la miró con frialdad.

–Esto no está bien. No deberías haber venido a Storvhal.

Mina sintió náuseas al darse cuenta de que la estaba rechazando.

–Anoche...

–Lo de anoche fue un error –la interrumpió él– que no volveré a repetir.

–¿Por qué?

Mina se mordió los labios. Su orgullo le exigía que aceptara el rechazo y tratara de conservar algo de dignidad, pero no entendía por qué Aksel se había echado atrás de repente.

–¿Es porque soy sorda? Me deseaste cuando no sabías que lo era. ¿A qué se debe tu repentino cambio de actitud?

–Que seas sorda no es el motivo de que no pueda volver a tener sexo contigo.

–Entonces, ¿cuál es?

Mina revivió la frustración que había sentido de niña al perder el oído. Deseó poder oír a Aksel. Aunque pudiera leerle los labios, ser incapaz de oír su voz le parecía que creaba una enorme distancia entre ambos.

–No puedo tener una relación contigo. Soy el príncipe de Storvhal y tengo un deber y una responsabilidad hacia mi país.

Cuando le miró los senos, ella se dio cuenta de pronto de que estaba desnuda. Se ruborizó al ver que seguía teniendo los pezones hinchados, señal de que la excitación aún no había desaparecido de su cuerpo, y se enrolló en una sábana antes de levantarse y acercarse a él.

–Sé que tienes muchas responsabilidades. Formas parte de una antigua dinastía, pero seguro que tu pueblo comprende que primero eres un hombre y después su príncipe.

Le sorprendió ver que los ojos de Aksel expresaban una emoción que duró apenas un segundo y que desapareció antes de que ella pudiera definirla.

Él hizo una mueca al pensar cómo reaccionaría su abuela ante la falta de comprensión de Mina de su papel real, un papel para el que lo habían preparado desde que había dado los primeros pasos.

Recordó que, de niño, su abuela insistía en que

no corriera, sino que anduviera tranquilamente, como correspondía a un futuro monarca. Estrictas reglas de protocolo habían regido toda su vida, y él había hecho lo imposible por estar a la altura de las expectativas de su abuela, los ministros de su gobierno y toda la nación.

Incluso había mantenido en secreto el nacimiento y la muerte de su hijo.

–He jurado devoción a mi país y a mi pueblo. Siempre seré, primero, el príncipe.

–¿Pones el deber por encima de todo lo demás para compensar el que tu padre no fuera un buen monarca?

–¿Cómo es que sabes eso de mi padre?

Ella sonrió con ironía.

–El mío dice que, si quieres oír una opinión sincera sobre política o sobre cualquier otro tema, debes hablar con los taxistas.

La expresión tierna de los ojos de ella lo puso furioso. Mina no entendía nada de su vida, del sacrificio que había hecho y que lo perseguiría eternamente.

–¿Te dijo el taxista que, durante el reinado de mi padre, muchos ministros apoyaron la abolición de la monarquía? Hubo incidentes y disturbios populares, y el parlamento de Thorensen, que llevaba gobernando el país durante ocho siglos, estuvo a punto de desaparecer.

»Mi padre traicionó a su pueblo al vender las reservas de oro y otros valiosos recursos del país para pagarse su extravagante estilo de vida. El pueblo lo consideraba un playboy, con razón, y creía que su conducta era inmoral.

»He tardado doce años en recuperar la confianza de mi pueblo, pero ahora, gracias a tu maldito amigo periodista y a las fotografías en que aparezco acompañando a una actriz de dudosa reputación, corren rumores de que llevo una doble vida y de que soy un playboy como mi padre.

Aksel sabía que estaba siendo injusto. Era él quien de verdad tenía la culpa por haberla invitado al hotel, sin pensar en las consecuencias, embrujado por ella, arriesgando su reputación y el apoyo de su pueblo por satisfacer su deseo de una mujer cuya reputación, según había sabido después, no era intachable.

Mina palideció. ¿Cómo se atrevía a juzgarla por lo que había leído en la prensa? ¡Por Dios! ¡Si solo había tenido una relación sexual en su vida...! Dos si contaba a Aksel. Pero una noche en la cama no constituía una relación, como él había dejado muy claro. Se le llenaron los ojos de lágrimas ante la injusticia de todo aquello.

–Aunque me repita, te aseguro que no le conté nada a la prensa. Sé por experiencia que los paparazzi prefieren el escándalo y la mentira a la verdad.

Aunque tuviera tanto talento para actuar, ¿podía parecer tan convincente si mentía?, pensó él. Al verle los ojos brillantes de lágrimas, se sintió aún peor que al haber dejado de hacerle el amor.

–Duerme un poco. En cuanto el tiempo mejore, nos marcharemos. Puede ser que te tenga que despertar muy temprano. Pon otro tronco en la chimenea antes de acostarte. Con eso tendrás suficiente calor.

–Y tú, ¿dónde vas a dormir?

–En el sofá del salón.

–Siento haberte quitado la cama. Es muy grande. No me importa compartirla.

–Pero a mí sí.

–No te preocupes. No me moveré de mi lado.

–Ojalá estuviera seguro de que no iba a tocarte, mi tentación de ojos verdes.

Después de haber visto el fiero deseo que expresaban sus ojos, Mina se sintió confusa al verlo volver al salón y agarrar la botella de *akevitt* antes de tumbarse en la alfombra frente a la chimenea.

Capítulo 7

EL FUEGO ardía con fuerza en la chimenea cuando Mina se despertó. Supuso que Aksel lo habría reavivado mientras ella dormía.

Se levantó y descorrió las cortinas. Había dejado de nevar, pero las nubes negras que cubrían el cielo no auguraban nada bueno, por lo que era posible que se quedaran atrapados en la cabaña varios días, como le había dicho Aksel.

Aunque su reloj marcaba las nueve de la mañana, apenas había luz. Al final de aquel mes se iniciaría la noche polar y el sol no volvería a salir hasta el año siguiente.

Vio que Aksel estaba partiendo leña cerca de la cabaña. A pesar de la baja temperatura, solo llevaba un jersey y unos vaqueros. Se detuvo un momento para apartarse el cabello de los ojos, y el corazón de Mina se aceleró al contemplar su poderoso cuerpo. No le sobraba ni un gramo de grasa en las delgadas caderas, y los músculos de los muslos se le marcaron debajo de los vaqueros al dejar el hacha e inclinarse para agarrar un montón de troncos.

Mina solía lamentarse de su naturaleza impulsiva, pero no pudo contenerse y abrió la ventana para agarrar un puñado de nieve del poyete. Apuntó y la bola le dio a Aksel entre los omóplatos.

Este se enderezó bruscamente y ella supuso que le había dicho algo gritando, pero estaba demasiado lejos para leerle los labios.

Mina cerró la ventana de golpe y él debió de oírla porque se volvió. Su expresión de sobresalto la hizo sonreír. Era alentador saber que, además de príncipe, era un ser humano.

Como no había traído ropa para cambiarse, tuvo que volver a ponerse la camisa del día anterior, que le llegaba a medio muslo, por lo que se sintió tranquila al estar más o menos decentemente vestida.

Hizo un examen rápido de la cabaña. Entró en la amplia cocina al mismo tiempo que Aksel lo hacía por la puerta trasera, y se quedó inmóvil al ver que llevaba una bola de nieve en la mano y que los ojos le brillaban.

–¡No! –se agachó demasiado tarde y la bola se estrelló contra su pecho–. ¡No se te ocurra...! –exclamó riéndose mientras retrocedía al ver que él tenía otra bola.

Ella echó a correr alrededor de la mesa, pero él la atrapó con facilidad y esbozó una sonrisa traviesa mientras le metía la bola por la parte delantera de la camisa.

–¡Qué fría! –gritó ella al sentir la nieve deslizársele por los senos.

Él la tomó de la barbilla para que lo viera hablar. Tenía los ojos risueños.

–Para que aprendas, cielo.

–No es justo meter nieve en la cabaña. ¿No conoces las reglas de una pelea con bolas de nieve?

Él negó con la cabeza.

–Nunca me he peleado así.

–¿Nunca? –Mina miró por la ventana el paisaje nevado–. Pero vives en un país donde nieva y hiela. ¿No te peleabas con otros niños en la escuela y hacíais muñecos de nieve?

–No fui a la escuela, y pocas veces jugaba con niños.

Ella no ocultó su sorpresa.

–Qué pena. Sé que eres príncipe, pero los hijos de la familia real inglesa se educan en la escuela. ¿No creían tus padres que era importante que te relacionaras con niños de tu misma edad?

–Mi abuela fue la que se hizo cargo de mi educación porque mis padres estaban muy ocupados con sus vidas. Tuve excelentes profesores en el palacio hasta los dieciocho años, cuando fui a la universidad.

Los pocos años que había pasado en Inglaterra, en la Universidad de Cambridge, habían sido los más felices de su vida, pensó Aksel. Le gustaba relacionarse con otros alumnos procedentes de distintos medios sociales, y le encantaba la sensación de libertad que experimentaba al poder llevar una vida normal, lejos de normas y protocolos. Incluso la prensa lo había dejado en paz. Pero todo cambió cuando su padre murió y el nuevo príncipe de Storvhal se convirtió en objeto de atención pública.

Mina recordó algo que le había dicho el taxista.

–Me han dicho que tu madre es rusa, pero que tu pueblo no aprobó la elección de esposa que había realizado tu padre.

–Históricamente, las tensiones entre Rusia y mi país han sido frecuentes. Hace setenta años, mi abuelo firmó un tratado con Noruega, lo que implica que el ejército noruego protege el Principado de Storvhal.

»Es verdad que el matrimonio de mi padres no fue muy popular, sobre todo porque mi madre dejó muy claro que no le gustaba Storvhal y que prefería vivir en Moscú. Yo crecí en palacio, con mi abuela. Mi padre pasaba la mayor parte del tiempo en la Riviera francesa con sus amantes, por lo que no solía ver a ninguno de mis dos progenitores.

A Mina le dio la impresión de que su infancia había estado desprovista de amor y cariño. Se lo imaginó como un niño serio y solitario jugando solo en el enorme palacio.

–Has dicho que tienes una hermana.

–Linne es diez años menor que yo y ha vivido sobre todo con mi madre. No estábamos muy unidos de niños, aunque ahora tenemos una buena relación.

–¿Vive en palacio?

–A veces, pero ahora está en un barco de investigación en el Ártico. Estudia los glaciares, que es lo que yo estudié en la universidad antes de tener que volver a Storvhal para gobernar.

Mina observó un brillo de pesar en sus ojos.

–¿Hubieras preferido ser científico en vez de príncipe?

–No importa lo que hubiera preferido. Mi destino era ser lo que soy y cumplir con mi deber lo mejor que pueda.

Mina asintió pensativa.

–Me parece que debiste de tener una infancia solitaria. Sé lo que se siente. Mis padres decidieron mandarme a un colegio de alumnos normales donde la única sorda era yo, por lo que siempre me sentí aislada de los demás por ser distinta. Mi hermana fue la única que entendió lo que tuve que luchar para encajar con mis compañeros –sonrió con tristeza–. No sé lo que hubiera hecho sin Darcey. Era mi mejor amiga y me protegía de los demás niños, que solían decir que era muda porque me daba vergüenza hablar.

Aksel la miró sorprendido.

–En ese caso, ¿por qué decidiste ser actriz?

–Todos en mi familia son actores. A mi padre se le considera el mejor actor shakesperiano de los últimos tiempos, pero mi madre también tiene mucho talento. La actuación la llevo en la sangre, por lo que decidí que no consentiría que mi pérdida auditiva alterara lo que soy ni me influyera a la hora de elegir una profesión.

Mina suspiró.

–Supongo que estaba resuelta a demostrar a mi padre que podía ser buena actriz a pesar de mi sordera. Él me apoyó, pero ahora sé que dudaba que pudiera subirme a un escenario. Quería que estuviera orgulloso de mí. De momento, está furioso.

–¿Por qué está enfadado contigo? –preguntó él.

Inmediatamente se dijo que a él qué demonios le importaba. No quería saber nada de la vida de Mina, pero no pudo evitar imaginársela de niña esforzándose en superar su discapacidad y su aislamiento. Se alegró de saber que su hermana la había defendido.

–A Joshua no le hizo ninguna gracia verme fotografiada con un príncipe y leer los detalles de nuestra supuesta vida amorosa en las portadas de los periódicos. Soy su hija y la actriz principal de su montaje de *Romeo y Julieta*, por lo que cree que cualquier clase de escándalo influirá negativamente en nuestra familia y en la obra. Me acusó de haber convertido a Shakespeare en un culebrón.

Aksel frunció el ceño.

–Supongo que le dirías que no tuviste la culpa de que te sorprendieran los paparazzi.

–Claro que se lo dije, pero, al igual que tú, no me creyó.

Aksel apretó los dientes. Sentía una ira inexplicable hacia el padre de Mina. Quería enfrentarse a él y decirle que debía apoyar a su hija que tanto había luchado, y con tanto valor, después de perder el oído.

Miró a Mina y sintió una oleada de deseo al contemplar la camisa mojada que se le adhería a los senos. El relajado fin de semana que esperaba pasar se había llenado de agitación debido a ella. Cuanto antes salieran de allí, mejor para su tranquilidad de espíritu.

–Linne dejó algo de ropa en el armario. Toma lo que necesites. Hay agua caliente, si quieres ducharte, y comida en la despensa –agarró su chaqueta–. Voy a dar un paseo.

–¿Te parece buena idea? Está nevando otra vez.

Aksel miró por la ventana y vio los copos caer. Era la última vez que estaría en la cabaña antes de que llegara el invierno, por lo que no tendría otra oportunidad de visitar la tumba de su hijo.

–No tardaré.

Los pantalones vaqueros y el grueso jersey de lana que Mina encontró en el armario le quedaban muy bien. Como no tenía secador, no pudo secarse el cabello ni alisárselo. Tampoco tenía maquillaje.

Se preguntó si a Aksel le gustarían las mujeres con la cara lavada, aunque inmediatamente se dijo que daba igual el aspecto que tuviera, puesto que él le había dicho que lamentaba haberse acostado con ella y que no tenía intención de volver a hacerlo.

Volvió a la cocina y desayunó. Miró por la ventana, pero no vio señal alguna de Aksel. Hacía tiempo que la nieve había borrado sus huellas.

Dos horas después lo vio avanzar hacia la cabaña. La nieve le llegaba a medio muslo. Al entrar, se quitó el traje de nieve y las botas y fue a la cocina sacudiéndose la nieve del cabello.

A Mina se le aceleró el pulso al verlo, pero al examinarle el rostro estuvo a punto de gritar debido a la tristeza que había en sus ojos. Quiso preguntarle qué le pasaba, por qué parecía tan atormentado, pero, antes de que pudiera hablar, él fue a la despensa a por una botella de *akevitt*, de la que se sirvió una generosa cantidad en un vaso.

–Iba a hacer café. ¿Quieres una taza para calentarte?

Aksel se sentó a la mesa frente a la de ella. Sonrió cínicamente mientras levantaba el vaso.

–Esto me calentará más que el café.

–Has estado mucho tiempo fuera. Estaba empezando a pensar que te había pasado algo. Me has dicho que hay lobos rondando.

–Los lobos no atacan a los seres humanos. De hecho, tienen el suficiente sentido común para evitarlos. Llevo viniendo aquí desde que era un adolescente, por lo que conozco bien estas montañas.

–¿Por qué vienes a un lugar tan alejado?

Él se encogió de hombros.

–Es el único sitio donde puedo estar solo para pensar.

–Y beber.

Mina vio que daba un largo trago del vaso y miró la botella vacía que había en el escurreplatos y que se había bebido la noche anterior.

–Beber a solas es un hábito peligroso. ¿Qué tratas de olvidar?

–Nada –se puso de pie tan bruscamente que la silla cayó al suelo–. Vengo a la cabaña en busca de tranquilidad, pero es evidente que no voy a tenerla si no dejas de hacerme preguntas.

Mientras él salía de la cocina, Mina se preguntó por qué había reaccionado de forma tan violenta. Aksel daba la impresión de ser frío y carecer de emociones, pero, bajo esa fachada, había un hombre complejo, con profundas emociones.

¿Le habría ocurrido algo en el pasado que lo había hecho encerrarse en sí mismo?

Él volvió a la cocina, se inclinó sobre ella y la agarró de la barbilla.

–¿Qué te hace pensar que eres una maldita psicóloga?

–He estudiado Psicología y me he especializado en Dramaterapia.

Aksel la miró a los ojos y sintió que su ira se esfumaba. Ella estaba en lo cierto al suponer que bebía para olvidar. No quería olvidar a Finn, pero, a veces, la única forma de soportar el sentimiento de culpa que lo acosaba era anestesiar el dolor con la bebida.

–¿Qué demonios es la dramaterapia?

–Es una terapia psicológica en la que se utilizan técnicas teatrales para ayudar a resolver problemas emocionales infantiles y adultos, desde traumas psicológicos a demencia. Como terapeuta, empleo historias, marionetas y la improvisación, toda una gama de herramientas artísticas que permiten explorar experiencias vitales difíciles y dolorosas.

Aksel sintió curiosidad.

–¿Cómo concilias ser terapeuta y actriz?

–Empecé a actuar mientras estudiaba, pero, ahora que ya estoy licenciada, he pensado en dejar de actuar para centrarme únicamente en la terapia.

»Me encanta subirme a un escenario. Lo llevo en la sangre, como te he dicho. Mi padre se sentiría muy decepcionado si dejara de actuar. Pero me gustaría hacer algo más significativo con mi vida. Mi hermana estudió para ser logopeda después de constatar que para mí la logopedia había sido vital al quedarme sorda. Creo que mi experiencia de la discapacidad hace que sienta empatía con niños que sufren problemas emocionales.

»No me hice actriz para ser famosa. Odio la fama y todo lo que la rodea. Cuando rodé mi primera película en Estados Unidos y la prensa me acusó falsamente de tener una aventura, conocí un aspecto de ser actriz del que no quiero formar parte.

»Las fotos de nosotros dos en los periódicos como si hubiéramos pasado una noche salvaje en la cama son lo peor que me podía haber pasado. Se han vuelto a publicar las mentiras que se escribieron sobre mi relación con Dexter Price, y mi reputación está destrozada. Tenías que haber sido sincero conmigo cuando nos conocimos y haberme dicho quién eras.

Aksel no respondió, sino que agarró la botella y salió de la cocina. Mina se quedó temblando y reprochándose su estupidez al haber deseado que Aksel uniera su boca a la suya y la besara hasta hacerla olvidarse de todo.

A media tarde, el sol salió y las nubes desaparecieron. Aksel encendió las lámparas de aceite. Mina estaba leyendo acurrucada en un sillón frente a la chimenea. Le había sorprendido que muchos de los libros de la biblioteca estuvieran en inglés.

–El inglés es la segunda lengua oficial de Storvhal –le explicó Aksel–. Cuando empecé a gobernar aprobé una ley para hacer obligatoria su enseñanza en la escuela. Storvhal es un país pequeño y debemos poder competir en los mercados y comunicarnos en una lengua reconocida en todo el mundo.

Dejó el cuaderno en el que estaba dibujando y preguntó a Mina:

–¿Por qué te mandaron tus padres a una escuela para niños normales?

–Tenía ocho años cuando perdí el oído. A mis padres les preocupaba que, si iba a una escuela para sordos, perdiera mis habilidades verbales. Pero los audífonos que llevaba entonces no eran tan buenos como los de ahora. Me resultó difícil que los demás niños me aceptaran. Por suerte, aprendí a actuar. Se me daba muy bien fingir que no me importaban las burlas. La mayor parte de los niños no sabía que les leía los labios cuando me llamaban muda o tonta.

–Al convertirte en actriz demostraste a tus acosadores que estaban equivocados. Me gustaría saber más sobre la dramaterapia. No tenemos esa clase de psicoterapia aquí, pero creo que serviría de ayuda a un grupo de niños de una aldea de pescadores cuyos padres se ahogaron al naufragar el barco en el que iban. Se vieron afectadas veinte familias de Revika. Los profesores de la escuela local y los líderes de la comunidad hacen los que pueden, pero los niños están destrozados.

–Un desastre así tiene que haberles causado un profundo trauma. La dramaterapia podría proporcionarles un medio de analizar y expresar sus sentimientos.

Mina miró el cuaderno.

–¿Qué estás dibujando?

–A ti.

Su respuesta la sorprendió.

–¿Puedo verlo?

Él vaciló, después se encogió de hombros y le entregó el cuaderno. Mina examinó el esbozo a carboncillo que había hecho de ella.

–Dibujas muy bien. ¿Has estudiado para ello?

–No de manera formal. Dibujar ha sido un pasatiempo desde que era niño. He aprendido solo.

Mina le devolvió el cuaderno.

–Me has dibujado más guapa de lo que soy.

–No estoy de acuerdo. No he sido capaz de captar tu belleza con la precisión que hubiera querido.

A ella se le aceleró el pulso, pero se dijo que debía de haberse equivocado al leerle los labios, del mismo modo que debía de haber confundido el reflejo del fuego en sus ojos con el deseo.

El ambiente entre ellos se cargó de tensión, por lo que ella, para fingir que no se daba cuenta, fijó su atención en otro cuaderno que había en la mesa.

–¿Te importa que le eche un vistazo?

–Adelante.

La mayoría de los dibujos estaba realizada al carboncillo o a lápiz y reflejaba sobre todo la fauna y flora que Aksel observaba en las montañas. Había varios bocetos de renos, linces, zorros y lobos. Estaban realizados con mucha habilidad y eran algo más que simples representaciones: demostraban amor por la naturaleza y una profundidad emocional que Aksel ocultaba en el resto de las facetas de la vida.

Mina suspiró y, mientras cerraba el cuaderno, pensó que Aksel era un enigma. Se levantó para devolvérselo, pero al entregárselo cayó al suelo una página suelta. Ella se inclinó para recogerla, pero él fue más rápido, aunque no lo suficiente para evitar que ella viera el retrato de un bebé muy pequeño, tal vez de unas semanas de edad.

Mina miró a Aksel. Iba a preguntarle sobre el dibujo, ya que un bebé le parecía un tema poco habitual para él, pero algo en su expresión la hizo vacilar.

Parecía extrañamente tenso, sin revelar emoción

alguna y, durante unos segundos, ella creyó distinguir en sus ojos un brillo de profunda tristeza.

–Aksel...

–Déjalo, Mina.

Se dio la vuelta mientras introducía el dibujo en el forro del cuaderno y lo colocó en la estantería.

Mina se sintió confusa al ver que apagaba las lámparas, de modo que la habitación quedó a oscuras, salvo por las brasas de la chimenea.

Después, él le puso la mano en el hombro y la condujo a la ventana.

Ella había oído hablar de la aurora boreal, pero no se había imaginado que fuera un fenómeno tan espectacular. Nubes de tonos verdes y rosas danzaban de forma mágica en el cielo. Etéreos espíritus lanzaban una extraña luz que iluminaba el cielo y reflejaba los colores del arcoíris en la nieve.

Se quedó paralizada ante tanta belleza y se emocionó por tener la suerte de contemplar algo tan magnífico.

Al mirar el cielo, la tensión desapareció de su cuerpo e, inconscientemente, se apoyó en el pecho de Aksel.

Este respiraba de forma irregular mientras trataba de controlar sus emociones. Ver el dibujo de Finn había sido como recibir un puñetazo en el estómago. No sabía que estaba en el cuaderno. Debía de haberlo puesto allí años antes, porque recordaba haber hecho el esbozo de su hijo mientras dormía en la cuna.

Su niño había sido tan hermoso...

Aksel tomó aire con dificultad y se le hizo un nudo en la garganta al contemplar el espectáculo al otro lado de la ventana. Se consoló pensando que Finn estaba en la montaña, y nada podía asemejarse más al paraíso que aquel lugar remoto con la aurora boreal iluminando el cielo.

Recordó la expresión de asombro de Mina al ver el dibujo. Pero lo que más le había sorprendido era que, durante unos segundos, había contemplado la posibilidad de hablarle de Finn.

Pero ¿cómo iba a hacerlo si no estaba seguro de poder confiar en ella? ¿Por qué, después de tantos años guardando el secreto, quería descargarse de ese peso contándoselo a Mina?

Tal vez porque se había dado cuenta de que era compasiva. ¿Cuántas personas abandonarían una carrera teatral de éxito para dedicarse a la dramaterapia con niños traumatizados?

Pero dudaba que ella lo compadeciera cuando supiera que, durante ocho años, había ocultado el nacimiento de su hijo a su pueblo, a sus amigos e incluso a su abuela creyendo que era lo mejor para la monarquía. No merecía la compasión de Mina.

Recordó la generosidad y la disposición de ella a agradarlo dos noches antes, y el recuerdo derritió el hielo en su interior.

Se dio cuenta de que las nalgas de ella le presionaban los muslos, y por su mente cruzó la imagen de la belleza de sus nalgas desnudas. El deseo que lo invadió le proporcionó un respiro temporal del dolor que le atenazaba el corazón.

Cada vez le costaba más trabajo recordar por qué debía apartarse de ella.

Sintió un deseo tan intenso de besarla en el cuello

que le apretó el hombro con fuerza, por lo que ella se sobresaltó. Se giró hacia él. Sus bocas estaban muy cerca, y, ante la insoportable tentación, él se preguntó qué mal había en besarla.

Sintió que ella temblaba y supo que estaba esperando que sus bocas se unieran. Agachó la cabeza de forma que sus labios casi rozaran los de ella, y se dijo que le daría un único beso.

Pero una voz interior le advirtió que un beso no le bastaría. Si la besaba, su magia sensual lo embrujaría.

Y el motivo por el que no había hecho el amor con ella la noche anterior no había cambiado: no podían tener relaciones sexuales sin protección. Tampoco sería justo hacer que creyera que quería una relación duradera con ella.

La verdad era que quería perderse en su suavidad y olvidar el pasado.

Mina se desequilibró cuando él le retiró bruscamente la mano del hombro. Vio que encendía una lámpara. Su luz le iluminó el rostro sin expresión y los ojos fríos. Dio un paso hacia ella para que pudiera leerle los labios.

–Ve a ponerte el traje de nieve. El cielo está despejado, lo que implica que estará unas horas sin nevar. Así que voy a arriesgarme a bajar la montaña.

No podía haberle dicho con más claridad que no quería estar más tiempo con ella del estrictamente necesario. Estaba harta de recibir una de cal y otra de arena. Su viaje a Storvhal había sido un error, y cuanto antes volviera a casa y olvidara que había conocido a un príncipe, mejor para ella.

Capítulo 8

DESCENDIERON de la montaña sin incidentes. A medio camino cambiaron la moto de nieve por el cuatro por cuatro.

Como Aksel había predicho, había mucha nieve en el valle, pero las máquinas quitanieves habían despejado las carreteras, por lo que llegaron a la capital sin problemas. La ciudad estaba envuelta en una densa niebla.

Mina se volvió hacia Aksel.

–¿Por qué me has traído aquí? Creí que me llevarías directamente al aeropuerto.

Aksel se había detenido ante la verja del palacio esperando a que se abrieran las puertas.

–No hay vuelos debido a la niebla. Esta noche tendrás que pasarla aquí.

Una luz brillante brilló fuera de la ventanilla.

–¿Qué demonios...? –Aksel apretó los dientes mientras otro destello de luz iluminaba el coche–. No esperaba que hubiera fotógrafos aquí.

La verja finalmente se abrió, y Aksel pisó el acelerador a fondo.

–Será mejor que te prepares para el comité de bienvenida –previno a Mina mientras aparcaba al lado de la escalinata que conducía a la puerta principal y esta se abría.

–¿A qué te refieres?

–Ya lo verás.

Al entrar en el palacio, Mina entendió su curioso comentario. A pesar de que era de noche y muy tarde, muchas personas esperaban en el enorme vestíbulo para recibir al príncipe. Cortesanos, guardias de palacio y empleados, cada uno con su respectivo uniforme, inclinaron la cabeza mientras Aksel pasaba por delante de ellos.

Mina reconoció a su secretario, Benedict Lindburg. Supo que hablaban porque vio sus labios moverse, pero le fue imposible seguir lo que decían.

Volvió a experimentar la misma angustiosa timidez de la infancia, por lo que suspiró aliviada cuando entraron en una habitación que supuso que sería el despacho de Aksel y este cerró la puerta.

–Te lo advertí –afirmó él mientras observaba el rostro tenso de Mina–. Tiene que ser difícil leer los labios cuando se está rodeado de una multitud. Al menos, aquí podrás recargar las pilas.

–¿Qué quiere toda esa gente?

Él se encogió de hombros.

–Siempre hay algo que, en opinión de mis ministros, requiere mi atención. Según la previsión meteorológica, la niebla se levantará mañana por la tarde. Uno de mis empleados te llevará al aeropuerto. ¿Dónde vives en Londres?

–En Notting Hill, pero no volveré a mi casa hasta que los paparazzi se cansen de rondarla.

Aksel frunció el ceño.

–¿Te han acosado los periodistas?

–Mi amiga Kat los vio frente a mi casa. No le importará que me quede en la suya durante unos días. Espero que el revuelo sobre mi supuesta aventura contigo se calme pronto –lo miró con ironía–. De todos modos, no es problema tuyo, ¿verdad? Tú estás protegido de la prensa dentro de tu majestuoso palacio.

Lo cual no era verdad, se dijo, ya que había visto a los fotógrafos en la entrada. Se preguntó si a él le disgustaría tener que vivir de cara al público, sujeto a un constante escrutinio por parte de los medios. En cierto modo, su hermoso palacio era una cárcel.

–Siento haberte trastornado la vida. Debí decirte quién era cuando nos conocimos –afirmó él.

–¿Por qué no lo hiciste?

Él vaciló.

–Podrías haber pensado que mentía para impresionarte y haberte negado a cenar conmigo.

–¿Te hubiera importado que me hubiera negado?

–Sí.

Muy enfadada, Mina le preguntó:

–Entonces, ¿por qué me dejaste sola en la cabaña haciéndome creer que no querías estar conmigo?

El rechazo de Aksel la había herido profundamente, mucho más que descubrir que Dexter le había mentido. ¿Cómo era posible? Había estado enamorada de Dexter, pero no podía haberse enamorado de Aksel en solo dos días.

A él se le encogió el estómago al ver el brillo de las lágrimas en los ojos de Mina.

–Por mi posición no puedo tener una relación contigo.

–Eso es otra cosa que se te olvidó mencionar al llevarme a la cama.

–¡Maldita sea, Mina! –exclamó él mientras la atraía hacia sí y unía su boca a la de ella.

No podía luchar contra la locura que lo poseía, ni controlar el deseo, la necesidad intolerable de poseer el hermoso cuerpo de ella y hacerla suya como dos noches antes.

Llamaron a la puerta y Aksel volvió a la realidad. Separó su boca de la de ella y se sintió culpable cuando Mina lo miró atónita.

No podía culparla, ya que ni él mismo entendía su comportamiento.

Sabía que ella no había oído los golpes en la puerta, pero la interrupción le había recordado que no tenía derecho a besarla.

–Me necesitan –dijo antes de ir a abrir la puerta–. ¿No puede esperar, Harald? –preguntó a su consejero.

Este frunció el ceño al entrar y ver a Mina despeinada y con los labios enrojecidos.

–Me temo que no, señor. Tengo que hablar con usted urgentemente.

Aksel tocó una campanilla para llamar a un mayordomo. Cuando este se presentó, Aksel le dijo a Mina:

–Hans te llevará a tu habitación y mañana te acompañará al aeropuerto.

A Mina le resultó increíble que aquellos ojos fríos fueran los mismos que habían ardido de deseo momentos antes, al besarla. Pero no en vano era actriz. Su orgullo le indicaba que debía conservar la dignidad y no dejar que él notara que le había partido el corazón.

Le sonrió con frialdad y sintió una punzada de satisfacción al ver que fruncía el ceño.

–Adiós, Aksel. Espero que te acabes dando cuenta de que no puedes pasarte la vida pagando los errores de tu padre. Hasta un príncipe tiene derecho a la felicidad.

Aksel la observó mientras salía del despacho y estuvo a punto de ir detrás de ella y besarla hasta que abandonara esa actitud de desapego y se derritiera en sus brazos.

–Señor –dijo su consejero–, Benedict Lindburg me ha informado de que había miembros de la prensa en las puertas de palacio cuando ha llegado, por lo que es posible que hayan visto a la señorita Hart con usted.

–Por supuesto que la han visto.

El consejero carraspeó.

–Entonces, tenemos un problema, señor. El pueblo de Storvhal tal vez haga la vista gorda ante su aventura con una actriz en Londres, pero me temo que será menos comprensivo cuando se haga público que la ha traído a palacio, como solía hacer su padre. No queremos bajo ningún concepto que lo considere un playboy.

Harald Petersen suspiró.

–Ha demostrado ser un buen gobernante durante doce años, pero el pueblo quiere estar seguro de que la monarquía continuará. Por eso le urjo a que piense en tomar esposa. Hay varias mujeres de familias aristocráticas que serían candidatas adecuadas. Si da al pueblo una princesa, con la expectativa de que pronto habrá un heredero, aumentará el apoyo a la monarquía y asegurará la estabilidad del país.

–¿Y si no quiero casarme? –preguntó Aksel en tono seco.

–Es su deber, señor.

–Ah, sí, mi deber. ¿No crees que ya he hecho demasiados sacrificios en nombre del deber? ¡Por Dios! ¡Ni siquiera puedo pronunciar el nombre de mi hijo en público ni conmemorar su trágica y corta vida! –Aksel sintió un nudo en la garganta y dio la espalda al consejero–. No puedo llorar por Finn.

Cuando volvió a mirar al anciano, su rostro no mostró emoción alguna.

–Reflexionaré sobre tu propuesta, Harald. Puedes retirarte.

–¿Qué vamos a hacer con la señorita Hart? –preguntó Harald en tono que denotaba preocupación.

–Ya pensaré en algo. Dile a Benedict que no quiero que se me moleste en toda la noche.

A la mañana siguiente, Aksel se hallaba frente a la ventana del despacho mirando pensativo los jardines cubiertos de nieve. Llamaron a la puerta y el mayordomo hizo entrar a Mina.

–¿Te funcionan los audífonos?

–Sí –respondió ella–. Te oigo bien. ¿Para qué querías verme? Estaba a punto de salir para el aeropuerto.

–Ha habido un cambio de planes. Tenemos que hablar.

De pronto, Mina se dio cuenta de que no estaban solos, ya que el anciano al que había visto la noche anterior se hallaba en le despacho y la miraba con desaprobación.

–Creo que no tenemos nada más que decirnos.

El anciano se acercó a ella.

–Señorita Hart, es evidente que no entiende el protocolo de palacio. El príncipe quiere hablar con usted, por lo que debe escucharlo.

Aksel maldijo entre dientes.

–Mina, te presento a mi consejero principal, Harald Petersen. Harald, desearía hablar a solas con la señorita.

–Perdona su brusquedad –dijo a Mina cuando el consejero se hubo marchado–. Harald es un fervoroso defensor de la monarquía que se ha esforzado mucho para ayudarme a devolverle el favor del pueblo tras la muerte de mi padre, y le preocupa que yo pueda hacer algo que mi pueblo desapruebe.

–Supongo que le daría un ataque al ver tu fotografía en los periódicos con una actriz a la que los paparazzi americanos consideran una prostituta.

–¿Por qué no demandaste a los periódicos que publicaron mentiras sobre ti?

–No tenía el dinero necesario para emprender un proceso legal, y Dexter no negó que fuéramos amantes porque el escándalo daba publicidad a la película. Esperaba que la historia se olvidara, y así fue hasta que me fotografiaron con un príncipe.

–¿De qué querías hablarme?

Mina no esperaba volver a verlo. Y tuvo que contenerse para no alargar el brazo y acariciarlo.

En vez de responderle, Aksel dijo:

–Estás preciosa. Ese vestido te queda muy bien.

Ella se miró el vestido de color crema que una doncella le había llevado a la habitación esa mañana.

–Me siento fatal por ponerme la ropa de tu hermana sin que ella lo sepa. La doncella me dijo que me habían lavado la camisa y la falda, pero que podía tomar prestada alguna prenda de tu hermana. Te devolveré el vestido y los zapatos en cuanto llegue a Londres.

–No te preocupes. A Linne le regalan ropa muchos diseñadores, pero no suele ponérsela. Los vestidos de fiesta no resultan útiles en un barco de investigación en el Ártico.

Miró a Mina de arriba abajo. Se había recogido el pelo en un moño y estaba tan sexy y elegante que tuvo la tentación de cerrar el despacho con llave, apartar los papeles del escritorio y hacerle el amor sobre él.

–Mira esto –le dijo al tiempo que le tendía un periódico.

Mina contuvo el aliento al ver la fotografía de ambos al llegar al palacio la noche anterior. Frunció el ceño al leer el titular: *Romance real. ¿Ha encontrado el príncipe por fin el amor?*

–No lo entiendo. Sé que había especulaciones sobre una posible aventura entre nosotros, pero ¿por qué sugieren que nuestra relación va en serio?

–Porque te he traído a palacio. Eres la primera mujer a la que he invitado aquí. La prensa no suele rondar por la verja, pero debí suponer que querrían ver cómo se desarrollaba nuestra supuesta aventura. De haber sabido que nos estaban esperando los fotógrafos, te hubiera llevado a un hotel.

Aksel reconocía que era lo que debería haber hecho, pero su conciencia se había negado a que la dejara en un hotel, en un país desconocido, cuando sabía lo vulnerable que se sentía sin los audífonos.

Mina leyó por encima el párrafo bajo el titular.

–¿Cómo sabe quién haya escrito esto que me he licenciado recientemente en Dramaterapia? –siguió leyendo y puso unos ojos como platos–. Dice que me invitaste a Storvhal para ayudar a los niños del pueblo de Revika cuyos padres se ahogaron al naufragar los barcos pesqueros por una terrible tormenta.

Bajó el periódico y fulminó a Aksel con la mirada.

–¿Qué está pasando?

–Estamos tratando de limitar los daños –respondió él con frialdad–. La oficina de prensa de palacio ha publicado varios detalles sobre ti, como que estás licenciada en Dramaterapia. Ya te dije que la reputación de playboy de mi padre lo había hecho muy impopular. No puedo arriesgarme a que los ciudadanos crean que soy como él y que eres una amante ocasional. Será mejor que crean que tengo una relación seria con una terapeuta que desea ayudar a los niños de Revika.

Mina negó con la cabeza.

–Me niego a formar parte de ese engaño. Tendrás que hacer unas declaraciones a la prensa diciendo que han cometido un error y que no tenemos una relación seria.

–Por desgracia, eso es imposible cuando la foto de los dos entrando en palacio indica claramente que somos amantes. Algunos de los periódicos incluso han anunciado que pronto habrá un anuncio de boda real.

Ella lo miró con la boca abierta.

–¿Quieres decir que la gente cree que tal vez nos casemos?

–Como mi consejero principal siempre me recuerda, el país lleva tiempo esperando a que me case y tenga un heredero.

–Creí que tu esposa sería de aquí.

–No creo que a mi pueblo le importe la nacionalidad de mi esposa. La prensa ha recibido muy bien tu ofrecimiento de ayudar a los niños de Revika. Toda la nación se compadece de la tragedia de esos niños, por lo que tu deseo de ayudarlos ha conmovido su corazón.

–Pero yo no me he ofrecido a hacerlo. Has proporcionado a la prensa información falsa –afirmó ella enfadada–. Por supuesto que me gustaría ayudarlos, pero mi vuelo sale dentro de una hora.

–Se ha anulado el billete. Tendremos que seguir la corriente a los medios de comunicación en lo del romance real durante cierto tiempo. Dentro de unas semanas, cuando vayas a Nueva York a actuar, anunciaremos que, por desgracia, debido a las presiones de tu carrera de actriz, hemos decidido dar nuestra relación por concluida.

Mina se dio cuenta de que era incapaz de controlar la situación.

–Lo tienes todo muy bien pensado, ¿verdad?

–Esta mañana he tenido una reunión de emergencia con mis ministros para hablar de la mejor forma de enfrentarnos a la situación.

–¿Se te ha ocurrido que puede que no quiera fingir que estoy enamorada de ti? –preguntó ella con frialdad.

–Dejar que crean que estamos enamorados podría resultarnos beneficioso a los dos. Esta tarde iremos a Revika a conocer a los niños. Será un buen ejercicio de relaciones públicas.

–No irás a utilizar a los niños como ardid publicitario...

–No es el único motivo de la visita. He hablado con la directora de la escuela de Revika, que está entusiasmada con la idea de usar la dramaterapia para ayudar a los niños. Le preocupa que, si no se les ayuda a aceptar la pérdida de sus padres, queden traumatizados de por vida.

–Eso es verdad.

–También lo es que la publicidad positiva mejoraría tu imagen y tal vez hiciera olvidar el escándalo de tu relación con el director de cine casado.

–No voy a ir a ver a los niños para mejorar mi imagen. Es una propuesta repugnante –Mina se dirigió a la puerta–. Lo siento, pero prefiero continuar con el primer plan y marcharme de Storvhal. Estoy segura de que pronto decaerá el interés de la prensa por nosotros, y me niego a fingir que tenemos una relación sentimental. No voy a tolerar que mi vida privada vuelva a ser pública.

–¿Y los hijos de los pescadores? La tragedia los ha afectado profundamente. ¿No me habías dicho que estudiaste Dramaterapia porque la pérdida de audición que padeciste de pequeña te había conferido una empatía especial con niños traumatizados? Me hablaste de que querías hacer algo importante con tu vida: esta es tu oportunidad –se acercó a ella y la tomó de la barbilla para que lo mirara a los ojos–.

Te pido que vayas a Revika en beneficio de los niños.

Sus palabras lo conmovieron. Se le planteó el dilema de alejarse de Aksel antes de que le causara más dolor o ayudar a los niños. Sería egoísta por su parte negarse a visitarlos.

Apartó la vista de él y tomó una decisión que esperaba no tener que lamentar.

–Iré contigo para evaluar la mejor forma de ayudarlos, pero es probable que necesiten un programa de dramaterapia de varios meses.

Aksel asintió, satisfecho.

–Otra cosa. Mi abuela quiere conocerte.

Al darse cuenta de la sorpresa de Mina, añadió:

–Al ver hoy la foto en los periódicos, mi abuela se ha entristecido porque ha recordado que mi padre fue un playboy durante su reinado. Es anciana y frágil, y, para tranquilizarla, le he asegurado que lo nuestro va en serio.

–¡Cómo has podido hacerlo! –le reprochó Mina–. Me parece terrible que le hayas mentido, aunque sea para protegerla. Ya te he dicho que no me gusta engañar a los demás, y no voy a fingir delante de ella que estoy enamorada de ti.

–¿Ah, no?

Antes de que ella pudiera reaccionar, Aksel la agarró por la cintura y la besó en la boca. Mina se puso rígida, resuelta a no responderle, pero el cuerpo la traicionó mientras él continuaba besándola. Sin poderse resistir, lanzó un gemido y abrió los labios, pero, al abrazarlo, él se separó de ella.

–Ha sido una interpretación muy convincente.

Estoy seguro de que mi abuela creerá que estás loca por mí.

Ella se sonrojó y cerró los puños para no quitarle la sonrisa burlona del rostro de una bofetada.

–Tú también has estado muy convincente.

Se quedó sorprendida al ver que él también se sonrojaba.

–Tal vez no tengamos que mentir –murmuró ella.

–¿A qué te refieres?

Ella lo miró fijamente y él bajó la vista.

–¿Quién nos dice que no surja una relación entre nosotros mientras fingimos estar enamorados?

–Lo digo yo –afirmó él con voz dura–. No sucederá, Mina, así que no malgastes el tiempo buscando algo que no existe. Soy distinto de los demás: no siento las mismas emociones.

–¿Es porque, por el hecho de ser príncipe, crees que debes anteponer el deber a los sentimientos o hay otro motivo para que reprimas las emociones?

La imagen de la carita de Finn apareció en la mente de Aksel. Para él, el amor y la pérdida iban unidos, y no quería volver a experimentar esos sentimientos.

–No tengo emociones que reprimir –replicó con brusquedad–. Estoy vacío, y la verdad es que no quiero cambiar.

Capítulo 9

TENÍA que haber perdido el juicio para haber accedido al plan de Aksel de fingir que su relación iba en serio, pensó Mina. El único motivo de haberlo hecho era ayudar a los afligidos niños de Revika.

Hacia allí se dirigían. Aunque eran las primeras horas de la tarde, el sol se estaba poniendo tras las montañas y los picos más altos parecían estar ardiendo.

Pero la vista espectacular no disminuyó la sensación del muslo de Aksel contra el de Mina, por lo que esta se sintió aliviada al llegar a la aldea.

Pero el alivio le duró poco, pues en la puerta de la escuela los esperaban hordas de fotógrafos y de equipos de televisión para tomar imágenes del príncipe y la mujer que podía convertirse en princesa de Storvhal.

Al bajar del coche, Aksel le pasó el brazo por la cintura. Cuando la miró a los ojos, Mina supo que estaba actuando para la prensa, por lo que, en cuanto entraron en el edificio, se soltó de su brazo.

Los recibió la directora de la escuela.

–Los niños están muy contentos de que haya venido de nuevo a verlos –afirmó Ella Holmberg dirigiéndose a Aksel–. Están deseando que venga a visitarlos.

Al observar la mirada de sorpresa de Mina, añadió:

–El príncipe Aksel ha venido a Revika todas las semanas desde que se produjo el naufragio de los barcos de pesca. Muchos de los niños tienen pesadillas y tratan de enfrentarse al dolor. No les he dicho que es usted terapeuta, sino que es amiga del príncipe.

Lo primero que llamó la atención de Mina fue el silencio que reinaba en el salón de actos, donde había más de treinta niños y muchas de las viudas de los pescadores. Se palpaba la tristeza en el ambiente.

Lo segundo fue que, en cuanto Aksel saludó a los niños, dejó de ser el hombre frío y distante de palacio y mostró otro aspecto de sí más amable, que le recordó al Aksel que había conocido en Londres.

Para poder determinar la mejor forma de ayudar a los niños, Mina tenía que ganarse su confianza. Aksel participó en los juegos que organizó para ellos.

Al final de la tarde, el silencio había desaparecido en el salón de actos y había sido sustituido por las voces de los niños e incluso se oía alguna risa.

Mina estaba sentada en el suelo con los niños en corro a su alrededor.

–En el siguiente juego vamos a fingir que somos actores sobre un escenario –les dijo–. En lugar de hablar, vamos a mostrar a los espectadores las emociones que sentimos. Por ejemplo, ¿cómo les demostraríamos que estamos contentos?

–Riéndonos y bailando –propuso una niña.

–Muy bien: demostradme que estáis contentos.

Mina dejó actuar a los niños durante unos minutos.

–¿Y cómo demostraríamos que estamos enfadados?

El estado de ánimo cambió cuando los niños tuvieron que expresar ira. Muchos pateaban el suelo con tanta fuerza que el ruido era ensordecedor, pero ella los animó a continuar.

–Es bueno estar enfadado. No hay que guardarse para uno los sentimientos, sino dejarlos salir.

Al otro lado del salón de actos, Aksel escuchaba a Mina con un nudo en la garganta.

Al final de la sesión, la directora se acercó a hablar con ella.

–Los niños lo han pasado bien por primera vez desde que ocurrió la tragedia. Ha conseguido usted mucho en solo una visita.

–Me encantaría pasar más tiempo con ellos. Creo que varias sesiones de dramaterapia a lo largo de unos meses los ayudarían a expresar las emociones.

Miró a Aksel y se preguntó que sentimientos ocultaría bajo su enigmática fachada. Estaba hablando con la viuda de un pescador que llevaba un bebé en brazos. En ese momento, la mujer se lo tendió a Aksel.

Este retrocedió ante el bebé y el rostro se le contrajo en una mueca de intenso dolor. Mina, aun sin saber por qué había reaccionado así, instintivamente quiso ayudarlo y se apresuró a acercarse a él.

–¡Qué bebé más guapo! –le dijo a la madre del niño–. ¿Le importa que lo tome en brazos?

La mujer sonrió y se lo puso en los brazos. Mina miró a Aksel y vio que tenía la frente perlada de sudor. Una reacción tan extrema la desconcertó.

Aksel se puso a hablar con otra madre y Mina devolvió el bebé a su madre y regresó con Ella Holmberg.

–El príncipe es muy guapo, ¿verdad? –comentó la directora–. Muchas mujeres querrían conquistarlo, pero hasta que usted ha aparecido parecía un soltero empedernido. Hace años se rumoreó que estaba enamorado de una rusa, pero supongo que le aconsejaron que no se casara con ella. La madre del príncipe era rusa, y tan impopular como su padre entre los ciudadanos de Storvhal.

A Mina se le hizo un nudo en el estómago ante la idea de que Aksel hubiera querido a una mujer y no hubiera podido casarse con ella. Se preguntó si todavía la querría. ¿Por eso no se había casado?

–Parece que todo ha ido bien –le dijo Aksel más tarde, mientras esperaban a que los recogiera el coche–. Verte con los niños ha sido conmovedor. Parecías empatizar con ellos, pero supongo que forma parte de tu trabajo como terapeuta.

Se sorprendió al darse cuenta de que quería hablarle de Finn. Pero ¿podía fiarse de ella? Seguía sin estar seguro de que no hubiera hablado con la prensa sobre la noche en el hotel en Londres.

La miró a los ojos, y la opresión que sentía en el pecho se intensificó.

–¿Cuál es la verdadera Mina? Parecía que te importaban los niños, pero tal vez tu amabilidad fuera fingida. Al fin y al cabo, ¿por qué iban a importarte? Tienes la habilidad de hacer que la gente crea en ti, y hoy has desempeñado el papel de terapeuta compasiva de forma brillante. El periodista que ha cubierto la visita está convencido de que eres una nueva Madre Teresa.

Mina, atónita, tardó unos segundos en responder.

–Por descontado que no estaba actuando. ¿Por qué iban a importarme los niños? Porque cualquiera con un mínimo de humanidad querría ayudarlos a enfrentarse a su terrible pérdida.

Sintió crecer en ella la irritación ante la injusta acusación de Aksel.

–¿Cómo te atreves a decir que estaba actuando para la prensa? Eres tú quien cree que su imagen es muy importante.

Se le llenaron los ojos de lágrimas y se las secó con impaciencia con el dorso de la mano.

–La persona que has visto hoy es la verdadera Mina. Pero ¿quién eres tú, Aksel? ¿Por qué ocultas tus emociones a todo el mundo? ¿Qué te ha pasado cuando la madre te ha invitado a tomar en brazos al bebé? Tenías una expresión... Parecías horrorizado. ¿No quieres tener hijos?

Mina contempló el rostro tenso de Aksel y se preguntó si no estaba yendo demasiado lejos, pero estaba desesperada por descubrir sus secretos.

–¿Qué te parece la idea de ser padre?

–Es mi deber tener un heredero.

–¡Por favor! –Mina no intentó ocultar su enfado–. No puedes traer un hijo al mundo simplemente porque necesitas un heredero. Lo que quiero saber es si te gustaría tener un hijo.

–¡Tú y tu maldita curiosidad!

Mina tragó saliva.

–¿Qué pasa, Aksel? –le puso la mano en el brazo, pero él la rechazó.

Aksel cerró los ojos y vio el rostro angelical de Finn en aquella fatídica mañana. ¿Cómo podía seguirle doliendo su pérdida de esa manera después de tanto tiempo?

Abrió los ojos. Mina lo miraba sorprendida.

–Si quieres saber la verdad, la idea de tener un hijo me resulta insoportable.

Ella quiso preguntarle por qué, pero Aksel se acercó a la puerta y la abrió.

–Ha llegado el coche.

No dijo nada más en el viaje de vuelta a la capital, y su actitud indicó a Mina que no quería que le hiciera más preguntas. Ella se sintió aliviada cuando llegaron y pudo escapar de la atmósfera enrarecida del interior del coche.

Al entrar en palacio, varios ministros salieron a recibir a Aksel solicitando su atención.

–Estaré ocupado el resto de la tarde –le dijo a Mina–. A última hora iremos a una cena benéfica que organizan los empresarios más importantes de Storvhal para recaudar fondos para los niños de Revika.

–No quiero ir. No voy a pasarme toda la velada delante del público y la prensa fingiendo que somos una pareja inmensamente feliz.

–Las entradas se agotaron cuando se supo que iríamos juntos. No puedes decepcionar a los invitados que han donado mucho dinero con el propósito de conocerte.

–Me estás haciendo chantaje –afirmó ella enfadada mientras él se metía en el despacho.

Benedict, el secretario de Aksel, observó su expresión afligida.

–Es fácil entender por qué sus empleados lo denominan «el príncipe de hielo».

–Ese es el problema, que nadie lo entiende.

El secretario la miró con curiosidad.

–¿Lo entiende usted?

–No, pero ojalá lo hiciera.

Media hora antes de salir para la cena, Mina estaba hecha un manojo de nervios ante la perspectiva de enfrentarse a la prensa. Horas antes había decidido decir a Aksel que no iba a continuar fingiendo, pero había cambiado de opinión al conocer a su abuela.

A pesar de tener noventa años y de no gozar de buena salud, la princesa Eldrun seguía siendo una mujer imponente. Estudió a Mina con ojos astutos antes de invitarla a sentarse en una de las incómodas sillas de su habitación.

–Mi nieto me ha dicho que es usted terapeuta y que ha estado con los niños de la aldea cuyos padres murieron.

–Espero, por medio de la dramaterapia, ayudar a los niños a manifestar sus emociones y a enfrentarse al dolor.

La princesa hizo un mohín.

–Me parece que en la actualidad se le da demasiada importancia a las emociones. Yo soy de una época en que no estaba bien visto hablar de uno mismo. Por desgracia, la vida privada de mi hijo Geir fue todo menos privada, por lo que decidí que mi nieto no siguiera sus pasos. Enseñé a Aksel que, para un príncipe, el deber y la responsabilidad son más importantes que los sentimientos.

–¿Y el amor? ¿No es también importante? –preguntó Mina.

La anciana la miró con altanería.

–Enamorarse es un lujo que los descendientes de la Casa Real de Thorensen no pueden permitirse –miró a Aksel, que estaba junto a la ventana–. Sin embargo, mi nieto me ha informado de que la quiere.

Mina recordó que Aksel fingía estar enamorado de ella para que su abuela no pensara que se estaba volviendo un playboy como su padre.

–Y usted, ¿está usted enamorada de él?

Mina vaciló. No podía mentir a la princesa, pero se sobresaltó al darse cuenta de que no tenía que hacerlo. Como Julieta, se había enamorado a primera vista.

Miró a Aksel, que la miraba sin expresión alguna. Mina sonrió a la anciana.

–Sí, lo quiero.

Mientras se preparaba para la cena en la que tendría que fingir que había un romance entre Aksel y ella, estaba consternada porque lo suyo no sería fingimiento.

¿Y si él adivinaba sus verdaderos sentimientos y sentía compasión? Aquello sería demasiado para su orgullo. Esa noche realizaría la actuación de su vida. Convencería a la prensa y al pueblo de Storvhal de que estaba enamorada del príncipe y, a la vez, demostraría a Aksel que se trataba de un juego y que cuando le sonriera lo haría para las cámaras, que él no significaba nada para ella.

Llamaron a la puerta y dio un brinco. Abrió y se quedó sin aliento al ver a Aksel. Su esmoquin de corte impecable era el complemento perfecto para su rubio cabello. Transmitía elegancia y una intensa masculinidad que despertó en ella el deseo, sentimiento que aumentó cuando él la examinó de arriba abajo.

–Me alegro de que el vestido te esté bien.

–Es una suerte que tenga la misma talla que tu hermana. Supongo que el vestido es de ella.

Aksel no le dijo que había encargado aquel vestido de seda color jade al diseñador más importante de Storvhal para que hiciera juego con sus ojos.

–Te he traído una cosa para que la lleves con él –dijo mientras se sacaba un estuche del bolsillo.

Mina ahogó un grito cuando él lo abrió y le enseñó un collar de diamantes y esmeraldas.

–La gente cree que nuestra relación va en serio, por lo que espera que luzcas joyas de la colección real.

Ella se mordió el labio inferior mientras se giraba, y se estremeció cuando las manos masculinas le rozaron los hombros desnudos para ponerle el collar.

–No sé si voy a poder hacer esto –observó ella, presa de nuevo del pánico–. Cuando estoy rodeada de mucha gente que habla, a veces me desoriento.

–Estaré a tu lado todo el tiempo –le aseguró él.

Su sentimiento de vulnerabilidad a causa de su discapacidad contradecía su imagen pública de mujer segura y decidida. Aksel volvió a preguntarse cuál era la verdadera Mina.

Estaba preciosa con aquel vestido, y deseó estar de vuelta en el hotel de Londres y pasar la noche haciéndole el amor.

No pudo evitar apretar sus labios contra los de ella, un beso breve e insatisfactorio ante el que ella ahogó un grito.

–No te molestes –dijo él al ver que Mina iba a retocarse los labios con vaselina–. Estás muy convincente para tu público.

Ella se encogió de hombros y agarró el bolso.

–Vamos allá –dijo con frialdad mientras salía por la puerta.

La cena se celebraba en el hotel más caro de la capital. Cuando la limusina se detuvo frente a la puerta, decenas de fotógrafos comenzaron a sacar fotos a la mujer que había conquistado el corazón del príncipe. Una multitud se había reunido en la calle, guiada por la curiosidad de contemplar a su posible futura princesa.

–¿Estás lista? –preguntó Aksel.

Ella respiró hondo y comprobó que tenía los audífonos bien colocados. Su nerviosismo lo desconcertó, ya que ella era actriz profesional y estaba acostumbrada a ser el centro de la atención.

La multitud vitoreó a Aksel cuando se bajó del coche y dio la mano a Mina para ayudarla a desmontar. Ella le dedicó una radiante sonrisa.

–Saluda –murmuró él mientras subían las escaleras del hotel.

Mina saludó con la mano y la multitud la vitoreó.

–Es increíble que haya venido tanta gente en una noche tan fría –masculló ella–. Es evidente que tus súbditos están deseando que te cases, pero me parece mal hacerles creer que yo podría llegar a ser tu esposa cuando ambos sabemos que me marcharé pronto y que no volveremos a vernos.

Aksel no pudo contestarle porque estaban entrando en el hotel, donde los esperaba el presidente del comité de recogida de fondos, pero durante la cena tuvo tiempo de reflexionar sobre sus palabras.

La miró, sentada a su lado. Estaba representando el papel de su posible prometida tan bien que todos los presentes creían que se convertiría en su esposa. Cada vez que se inclinaba hacia él y le sonreía, él tenía que recordar que estaba fingiendo. Su actuación era impecable.

–¿Me podría explicar de qué manera puede la dramaterapia ayudar a los niños afectados por la pérdida de sus padres? –preguntó a Mina uno de los invitados.

–Cuando vivimos un hecho traumático, puede que nos sintamos superados por nuestras emociones y tratemos de bloquearlas. Cuando vemos una película o una obra de teatro, sentimos emociones intensas porque estamos emocionalmente distanciados de lo que nos cuentan. El teatro proporciona una red de seguridad a la hora de analizar emociones fuertes. Como terapeuta, voy a emplear el teatro de forma terapéutica para ayudar a los niños de Revika a entender la terrible tragedia que han sufrido.

A Aksel le pareció que sus palabras eran totalmente sinceras. ¿Cómo podía haber dudado de su compasión? No había motivo alguno para que se interesara por una remota aldea de pescadores, pero era evidente que la terrible situación de los niños la había afectado profundamente. Era imposible que fingiera la emoción que expresaba su voz.

Aksel reconoció que era sincera y de fiar, pero que su concepto de las mujeres estaba distorsionado porque Karena y su madre lo habían traicionado. Creyó que Mina también lo había hecho y que había hablado con la prensa en Londres, pero al mirar su hermoso rostro vio que también era hermosa por dentro y supo que la había juzgado mal.

El resto de la velada fue una tortura. Se quedó atónito al descubrir que estaba celoso de ver a Mina desplazándose por el salón y cautivando a los invitados. Tuvo que hacer un esfuerzo sobrehumano para concentrarse en la conversación con el director de una empresa que había donado una sustanciosa suma al fondo de ayuda a Revika, pero su mirada se dirigió hacia la pista de baile, donde Mina bailaba con Benedict Lindburg.

Se dijo que su secretario se limitaba a hacer su trabajo. Benedict sabía que el protocolo exigía que el príncipe se mezclara con los invitados y hablara con ellos, pero Mina había mirado a las parejas que bailaban con nostalgia, por lo que Benedict la había sacado a bailar.

De todos modos, Aksel frunció el ceño al ver que su secretario ponía la mano en la cintura de Mina.

Recordó el encuentro de Mina con su abuela. Era consciente de que no había dicho la verdad al decirle a la anciana que lo quería. Pero, al oír sus palabras, había crecido un anhelo en su interior. Era paradójico que las dos únicas mujeres que le habían dicho que lo querían hubieran mentido.

Karena lo había engañado deliberadamente; Mina le había seguido el juego de fingir un romance porque él se lo había pedido.

La miró con la esperanza de que dirigiera la vista

hacia él, pero ella estaba muy ocupada riéndose de algo que le decía Benedict.

–Discúlpeme –dijo con voz firme al empresario antes de atravesar la pista de baile.

Benedict soltó rápidamente a Mina y le cedió el puesto a Aksel. El secretario no pudo ocultar su sorpresa.

–El director del Banco Nacional de Storvhal lo espera, señor.

–Invítale a cenar a palacio la semana que viene –le contestó Aksel.

Miró a Mina a los ojos y sintió un primitivo deseo de posesión al tomarla en sus brazos. No sabía si su sonrisa era real o fingida, pero no le cabía duda alguna de que nunca había deseado tanto hacer el amor con una mujer como con ella.

–Benedict, pide el coche. La señorita Hart y yo nos vamos a ir pronto.

–Pero... –la mirada de Aksel cortó su protesta–. En seguida, señor.

–¿Pasa algo, Aksel? –preguntó Mina al entrar en palacio y tratar de mantenerse a la altura de sus largas zancadas.

Él no contestó mientras subía las escaleras a toda prisa y ella lo seguía sin aliento. Al final de las escaleras la agarró del brazo y la condujo a su dormitorio.

Mina nunca había estado allí. Su atención se centró inmediatamente en la enorme cama con dosel. El escudo real colgaba sobre esta y de las paredes pendían retratos de los anteriores príncipes de Storvhal.

Le sorprendió el brillo de los ojos de Aksel al aflojarse la pajarita. Creía que todo había salido bien en la cena, pero era evidente que algo lo había puesto nervioso.

–¿Qué te pasa?

–Voy a decirte lo que me pasa: tú.

Mina lo miró confusa.

–¿Qué he hecho?

–No lo sé –la agarró por los hombros y la miró–. No sé lo que me has hecho. Me has embrujado con tus ojos verdes y me has hecho sentir cosas que no creía poder sentir, cosas que no quiero sentir.

Mina no entendía la violenta emoción que lo embargaba, pero quiso aliviar su sufrimiento, por lo que, con esa idea en mente, le tomó el rostro entre las manos y lo inclinó hacia ella para poder besarlo en la boca.

Él la abrazó dando un gemido y la apretó con fuerza para que sintiera en el muslo la intensidad de su excitación.

–El deseo fue la perdición de mi padre. Me juré que nunca sería tan débil como él, que no dejaría que mi necesidad de una mujer me pusiera en ridículo –deslizó sus manos hasta las nalgas de ella–. Pero te necesito, Mina –afirmó con voz airada–. Te deseo más de lo que se puede desear a una mujer.

Capítulo 10

AKSEL se estremeció. No podía controlar el deseo que sentía por Mina, y eso lo asustaba porque siempre había creído que era más fuerte que su padre.

Tenía que conseguir que ella entendiera que solo deseaba su cuerpo, no su corazón.

–No eres tu padre –dijo ella con voz suave–. Tu pueblo te admira y te respeta. Cree que eres un buen monarca, y yo también. Pero quiero conocer al hombre, no al príncipe. Quiero que me hagas el amor –susurró.

Sin pronunciar palabra, él hizo que se girara para bajarle la cremallera del vestido. Mina no llevaba sujetador, por lo que él se regodeó mirándole los firmes senos y los oscuros pezones.

–Eres maravillosa –afirmó con voz ronca–. En la cena, te imaginaba así, desnuda, solo con los diamantes y las esmeraldas brillando sobre tu piel. Pero la verdad es que no necesitas adorno alguno, cielo. Eres hermosa por dentro y por fuera y quiero abrazarte y hacerte mía. ¿Te entregarás a mí, Mina?

Ella sonrió dulcemente.

–Siempre he sido tuya.

Se desabrochó el collar y lo dejó en la mesita de noche al tiempo que terminaba de quitarse el vestido.

–No necesito diamantes ni vestidos caros. Solo te necesito a ti.

Él la atrajo hacia sí y la besó. Sus besos eran todo lo que ella deseaba, todo con lo que había soñado desde la noche en el hotel de Londres. Su cuerpo reconoció el de Aksel y comenzó a temblar mientras él se desnudaba. Al verlo tan excitado, la idea de que la penetrara la llenó de deseo.

Él la tumbó en la cama y le quitó la última frágil barrera de ropa interior antes de arrodillarse sobre ella y besarle la boca, la garganta y los senos. El sonido ronco que ella emitió cuando le lamió los pezones lo encendió de deseo, pero satisfacer sus necesidades no era su prioridad, sino proporcionar placer a Mina.

Siguió descendiendo por su cuerpo besándole el estómago y la parte interna de los muslos antes de abrirla suavemente con los dedos y presionar con la boca el centro de su feminidad para acariciarla íntimamente. Ella lanzó un grito de placer.

Aksel la estaba llevando al borde del éxtasis, pero ella quería proporcionarle el mismo placer. Quería destruir el control que tenía de sí mismo y demostrarle que hacer el amor era cosa de dos que se entregaban completamente el uno al otro.

En vez de dejar que la penetrara, lo empujó para tumbarlo de espaldas y sonrió al verle la cara de sorpresa.

–Ahora me toca a mí darte y a ti recibir –dijo ella

antes de bajarse de la cama mientras le besaba el estómago y los muslos.

–Mina...

Aksel se puso tenso al comprender lo que se proponía. La agarró del pelo para apartarle la cabeza de su excitada masculinidad. Pero era demasiado tarde, y la sensación de introducirse en su húmeda boca lo hizo gemir.

Experimentó un placer desconocido. Nunca había consentido que una mujer lo acariciara de manera tan íntima. Un príncipe no debía perder el control.

Pero a su cuerpo le dio igual que fuera príncipe. Tembló de forma incontrolable mientras ella le lamía el extremo de la erección. Agarró la sábana con fuerza y apretó los dientes mientras luchaba contra la marea que amenazaba con anegarlo.

–Ya basta, cielo –masculló tirándole del pelo hasta que ella alzó la cabeza.

Las manos le temblaron mientras se ponía un preservativo. La arrastró sin contemplaciones para situarla debajo de él y le abrió las piernas para que lo recibiera.

Cuando la penetró y sus cuerpos se fundieron en uno, ella sonrió y susurró su nombre, y Aksel sintió un anhelo en su interior que ni siquiera el placer sexual satisfaría.

Mientras la embestía con fuerza una y otra vez, Mina supo que su cuerpo estaba hecho para él. Arqueó las caderas para ir a su encuentro y contrajo los músculos mientras se sucedían las oleadas de placer.

Cuando él alcanzó el clímax lanzó un ronco gemido y apoyó la cabeza en la almohada mientras se estremecía.

Esos segundos de vulnerabilidad conmovieron a Mina. Sintió una inmensa ternura y le tomó el rostro entre las manos y lo besó suavemente en los labios.

–No creo que estés vacío en tu interior.

Él se apartó de ella.

–No busques en mí cosas que no existen. Te he hecho el amor buscando mi propio placer y la satisfacción de mis necesidades.

–No es verdad, aunque te gustaría que lo fuera. Creo que te ha sucedido algo que te impide manifestar las emociones. ¿Sigues enamorado de la mujer rusa con la que te ibas a casar?

–¿De Karena? –Aksel soltó una carcajada–. No, mi amor juvenil por ella acabó cuando descubrí la verdad. ¿Cómo sabes quién es?

–No sé mucho de ella. Me habló de Karena Ella Holmberg y me dijo que no os casasteis porque tu pueblo no lo aprobaba.

Aksel se sentó en la cama. Ella se envolvió en la sábana y se situó frente a él.

–¿A qué te refieres al decir que descubriste la verdad acerca de Karena?

Él lanzó un hondo suspiro.

–No te imaginas el daño que hizo mi padre a la monarquía, y no solo por sus muchas aventuras con mujeres. Mi padre se casó con mi madre porque su familia poseía una empresa minera que había descubierto enormes reservas de oro en las montañas de Storvhal. En vez de comunicárselo al gobierno, mi padre hizo un trato secreto con la empresa rusa: le permitiría extraer oro a cambio de que le dieran una parte de los beneficios. Cuando la gente se enteró, se quedó horrorizada.

»Yo no lo supe hasta después de su muerte. Mi madre heredó la empresa minera e intentó que yo apoyara que se siguiera extrayendo oro. No caía bien a los habitantes de Storvhal ni a mi abuela, pero era mi madre. Iba a verla con frecuencia a Rusia, y allí conocí a Karena.

Sonrió con cinismo.

–Yo era joven y me pesaba la responsabilidad de ser príncipe. Me enamoré de la bella modelo rusa que mi madre me presentó. Era lo que mi madre quería, porque esperaba que mi matrimonio con Karena estrechara mis lazos con Rusia.

»Pero mi abuela y Harald Petersen temieron que el pueblo de Storvhal no aceptara otra princesa rusa, por lo que intentaron disuadirme. Harald hizo que la espiaran, y pronto se descubrió que me había engañado haciéndome creer que estaba enamorada de mí porque mi madre le había asegurado que, si se casaba conmigo, disfrutaría de una vida llena de riqueza y glamour.

–Te traicionaron tu madre y Karena –dijo Mina con suavidad– dos mujeres a las que querías, por lo que no es de extrañar que te encerraras en ti mismo.

El rostro de Aksel no expresó emoción alguna, y Mina pensó, desesperada, que nunca lograría atravesar su máscara.

–Después de saber la verdad sobre Karena, ¿rompiste con ella?

Él asintió.

–Volví a Storvhal pensando que no la volvería a ver.

Aksel se preguntó qué le pasaba. Nunca hablaba del pasado, pero parecía que las compuertas del cerebro se le hubieran abierto y que necesitara dejar salir los secretos que llevaba tanto tiempo ocultando.

–Ocho meses después de la ruptura fui a ver a Karena a Rusia.

–¿Seguías enamorado de ella?

–No. Karena me llamó inesperadamente para decirme que habíamos tenido un hijo, un varón.

–¿Un hijo? –preguntó Mina sin poder creérselo–. ¿Tienes un hijo? ¿Dónde está? ¿Vive con ella en Rusia?

Aksel le dirigió una dolorosa mirada.

–Finn está en la montaña, bajo las estrellas. Se lo entregué a los sami porque son la gente más de fiar que conozco. Lo enterraron según sus tradiciones y cuidan de la tumba cuando yo no puedo subir a la cabaña.

Mina tragó saliva.

–Lo siento mucho, Aksel –dijo ella abrazándolo con fuerza–. El boceto del niño que vi en la cabaña era de Finn, ¿verdad? ¿Qué le sucedió?

–Su muerte carece de explicación médica. Fue víctima del síndrome de muerte súbita del lactante.

Aksel respiró hondo e inspiró el perfume de Mina. Su forma de abrazarlo era conmovedora y se sentía protegido, por lo que no le resultó difícil contarle los secretos que nunca había dicho a nadie.

–Empezaré por el principio. Cuando rompí con

Karena, me enteré de que me había estado engañando con un empresario ruso. Ella supuso que el hijo era de este, pero, cuando nació el bebé, su amigo insistió en hacerse una prueba de ADN, que demostró que no era el padre. Por tanto, tenía que ser yo. Otra prueba de ADN lo confirmó.

–Pero incluso sin ella lo hubiera reconocido como hijo mío. Era tan bonito, Mina. Nunca había visto a un ser humano tan diminuto. Era perfecto, y cuando lo sostuve en mis brazos le prometí que sería el mejor de los padres.

A Mina se le llenaron los ojos de lágrimas.

–¿Lo querías?

–Más que a nada en el mundo –afirmó Aksel con emoción–. Le pedí a Karena que nos casáramos. Sabía que la boda no sería del agrado de mi pueblo, pero Finn era mi hijo y esperaba que ella y yo resolviéramos nuestras diferencias y le proporcionáramos una infancia feliz.

»Karena accedió porque le gustaba la idea de ser princesa, pero Finn no le interesaba. Había llevado el embarazo en secreto para que no dañara su carrera de modelo y después del nacimiento del bebé se marchaba de fiesta todas las noches.

La expresión de Aksel se endureció.

–Una noche en la que quería salir como era habitual se enfadó porque era el día libre de la canguro. Yo llevaba una doble vida: durante la semana vivía en Storvhal y desempeñaba mis funciones y los fines de semana los pasaba en Rusia con Finn. Esa noche estaba cansado, pero no me importó cuidar de mi hijo. Finn estaba inquieto y no dejaba de llorar.

Desesperado, llevé la cuna a mi habitación y cuando el niño se tranquilizó me quedé profundamente dormido.

–A la mañana siguiente, me sorprendió que Finn no se hubiera despertado para comer –a Aksel se le hizo un nudo en la garganta–. Al principio creí que dormía, pero estaba muy pálido y, cuando lo toqué, muy frío. Fue entonces cuando me di cuenta de que había perdido a mi niño querido.

Mina se tragó las lágrimas. La voz de Aksel revelaba su dolor, pero su rostro no manifestaba emoción alguna.

–¿Lo has llorado?

–Un príncipe no llora.

–¿Eso te lo enseñó tu abuela?

Él se encogió de hombros.

–Me siento culpable de su muerte.

–¿Por qué? Me acabas de decir que los médicos no pudieron explicarla.

–Si no me hubiera dormido, tal vez me habría dado cuenta de que le pasaba algo y lo hubiera salvado.

Mina lo abrazó con más fuerza y lo acunó como si estuviera consolando a un niño.

–No creo que pudieras haber hecho nada. La muerte de Finn fue una tragedia, de la que creo que no has hablado con nadie, ni siquiera con tu abuela, a causa de tu sentimiento de culpa.

–Nadie salvo Karena, mi consejero principal y los pastores sami saben de su existencia. Eres la única persona a la que se lo he contado.

–¿Los habitantes de Storvhal no saben nada?

–Harald pensó que, si se sabía que era el padre de un hijo ilegítimo, el pueblo creería que era un príncipe inmoral y degenerado como mi padre. Ya había habido un levantamiento popular en el país, por lo que, en aras de mantener la paz y el orden, estuve de acuerdo con Harald en que la breve vida de Finn quedara en secreto. A Karena le vino muy bien, ya que volvió son su empresario ruso.

Mina le tomó el rostro entre las manos y lo miró a los ojos.

–¿No te das cuenta? Te sientes vacío porque nunca has podido llorar abiertamente a Finn. No es de extrañar que tu secreto te haya bloqueado emociones a las que te resultaba muy difícil hacer frente. Quiero ayudarte a enfrentarte a las experiencias dolorosas del pasado. Hay varios tipos de psicoterapia...

–No necesito terapia –le interrumpió él–. Sé que lo haces con buena intención, Mina, pero por mucho que hable del pasado mi hijo no volverá.

–No, pero te ayudará a que vuelvas a querer como lo quisiste a él.

–No quiero volver a hacerlo. Llevo casi toda mi vida sin hacerlo.

De repente, la empujó para tumbarla y se situó encima de ella.

–Es mentira que el sexo solo sea bueno si implica alguna clase de emoción. No voy a fingir que siento una emoción que no existe, pero te puedo proporcionar placer al hacerte el amor.

La besó con un ansia que encendió el deseo de Mina.

–Esto es lo que quiero de ti, cielo. Tu hermoso cuerpo y tu dulce sensualidad.

A Mina se le aceleró la respiración cuando, después de ponerse un preservativo, Aksel le separó las piernas y su masculinidad le presionó su húmeda entrada hasta penetrarla.

Ella se preguntó cómo reaccionaría si le dijese que lo amaba. Probablemente se quedaría horrorizado. Sus sentimientos hacia él, por tanto, debían permanecer ocultos.

Mina no se sorprendió cuando se despertó sola en la cama. Había creído que la noche de la cena de la semana anterior, cuando Aksel se había confiado a ella, sería el inicio de un nuevo capítulo en su relación, pero él llevaba toda la semana levantándose antes de que ella se despertara.

Cuando, por la noche, hacían el amor, había mucho más que buen sexo. Mucho más. Él era un amante exigente y apasionado, pero también tierno y considerado, y le hacía el amor con tanta delicadeza que a ella se le llenaban los ojos de lágrimas, que él besaba al deslizársele por las mejillas al tiempo que la abrazaba.

El príncipe vikingo sabía ser tierno, pero, por la mañana, Mina notaba que él lamentaba haberse mostrado débil, desde su punto de vista, y haber perdido el control.

Ella sabía que aquella situación no podía continuar. Cada día que pasaba en Storvhal se veía más inmersa en la impostura de que tenía una relación sentimental con Aksel, mientras la prensa hablaba de boda inminente.

Los periodistas estaban tan histéricos que Mina tuvo que dejar de ir a Revika, por lo que las familias iban a palacio para que pudieran continuar con sus sesiones de dramaterapia.

Aquella sesiones con los niños habían afianzado su decisión de dejar de actuar y dedicarse a la terapia, después de las representaciones de *Romeo y Julieta* en Nueva York. Pero primero tendría que decirle a su padre que pensaba dejar la compañía.

Joshua estaba muy orgulloso de la línea de actores de la que descendía, y se había sentido muy decepcionado cuando Darcey, su hija mayor, había decidido estudiar Logopedia.

Al recordar su infancia, Mina se dio cuenta de que siempre había intentado ganarse la aprobación de su padre porque, después de perder el oído, tuvo miedo de que la quisiera menos que a sus hermanos. Llevaba toda la vida tratando de agradarlo y temía que se sintiera decepcionado cuando le dijera que iba a dejar el teatro.

El sonido de la cafetera en la habitación de al lado le indicó que Aksel seguía en la suite real. Normalmente desayunaba temprano y se marchaba antes de que ella se levantara.

Con la esperanza de verlo antes de salir, Mina se levantó y no se molestó en ponerse la bata antes de abrir la puerta que separaba el dormitorio del salón.

Aksel estaba sentado a la mesa con una taza de café en una mano y el periódico en la otra. Parecía remoto e inaccesible, muy distinto del hombre sexy que le había hecho el amor la noche anterior.

De pronto vio que no estaba solo, que en la habitación también estaba su consejero principal. Y cuál no sería su sorpresa cuando este hincó la rodilla en tierra y dijo con voz conmovida:

–Señora.

Cuando el consejero se hubo marchado, Mina miró a Aksel buscando una explicación.

–¿A qué ha venido eso?

Se quedó de piedra al ver que en la portada del periódico aparecía luciendo distintos vestidos de novia. Al mirar las fotos con atención, observó que habían superpuesto su cabeza a los vestidos.

Mina dejó el periódico en la mesa.

–La prensa está convencida de que vamos a casarnos. Debemos dejar de fingir. No es justo seguir engañando a tu pueblo ni a tu abuela.

–Estoy de acuerdo –Aksel se levantó y se dirigió a la ventana para mirar los copos de nieve que caían mansamente.

–Muy bien.

Mina no creía que fuera a acceder tan fácilmente. Tal vez se hubiera cansado de ella y buscara una excusa para que se marchara. En realidad, no había ningún motivo para que se quedara.

–Es hora de dejar de fingir –murmuró él como si hablara para sí mismo.

Se volvió a mirarla y el deseo se apoderó de nuevo de él, hasta el punto de que estuvo tentado de llevarla de vuelta a la cama y hacerle el amor, como lo deseaba cada mañana cuando se despertaba y la veía durmiendo a su lado.

Llevaba toda la semana resistiéndose, diciéndose que su deber era estar disponible para sus ministros. No seria esclavo de sus deseos, no dejaría que su debilidad por una mujer lo apartara de sus responsabilidades.

–Harald se ha arrodillado ante ti porque, por tradición, solo la esposa o la prometida del príncipe puede dormir en los aposentos reales.

Mina palideció.

–No podemos dejar que crea que estamos prometidos. He recibido un mensaje de mi padre en el que me dice que *Romeo y Julieta* se estrenará en Nueva York la semana que viene. Es una oportunidad ideal para declarar a la prensa que las presiones de mi carrera como actriz han hecho que decidamos dar por concluida nuestra relación.

–Hay otra posibilidad.

–No veo cuál.

–Podríamos hacer realidad la historia de nuestro romance y casarnos.

Ella se tocó los audífonos pensando que no había oído bien.

–¿Qué has dicho?

Él se le acercó. Su rostro no expresaba emoción alguna.

–¿Quieres casarte conmigo, Mina?

La alegría que la invadió se vio atemperada por una dosis de realidad. Aksel no le había sonreído, como hubiera hecho un hombre que intentara convencer a una mujer de que se casase con él.

–¿Por qué?

Él se encogió de hombros.

–Hay varias razones por las que creo que nuestro matrimonio saldría bien. Es evidente que eres popular entre los habitantes de Storvhal. Admiran tu trabajo con los niños de Revika. Creo que te gustaría seguir ayudándolos. Podrías combinar tu papel de princesa con tu profesión de terapeuta, y creo que serías feliz en Storvhal. Además, te he contado cosas sobre mí que no le había contado a nadie.

Se refería a su hijo. Mina le acarició la mejilla.

–Te juro que no le hablaré a nadie de Finn, pero creo que deberías contárselo a tu pueblo. No creo que te juzgue ni que te compare con tu padre. Eres un buen príncipe, y todos lo saben. Debes llorar la muerte de tu hijo como es debido y olvidar el pasado. Solo entonces podrás seguir adelante.

–No me has respondido.

–Te respondo que no –dijo ella sin hacer caso a la voz que en su interior le gritaba que aceptase.

Él le había dicho que creía que el matrimonio saldría bien, pero eso no era suficiente para ella.

–Me has enumerado una serie de razones para casarnos, pero no has mencionado la única por la que yo accedería a ser tu esposa.

Él la miró pensativo, pero no intentó acercarse a ella. Mina se dijo que era un alivio, ya que, si la tomaba en sus brazos y la besaba, no podría resistirse.

–¿Tan importante es para ti que te diga que te quiero? ¿Me responderías de manera distinta si pronunciara esas dos palabras sin sentido?

Su cinismo destruyó las esperanzas de Mina. Se dio cuenta de que, si se casaba con él, se pasaría la vida tratando de complacerlo y de ganarse su amor, como había hecho con su padre. Se merecía algo más que dedicarse a analizar cada palabra y cada acción de Aksel, con la vana esperanza de descubrir si se había enamorado de ella.

–Querría que pronunciases esas palabras solo si tuvieran sentido –le dijo con sinceridad antes de dirigirse al dormitorio.

Le pareció que le habían arrancado el corazón del pecho, pero su orgullo le impidió desmoronarse delante de él.

–Y ahora, si me disculpas, tengo que hacer el equipaje y llamar por teléfono al aeropuerto para reservar un billete de vuelta a casa.

Capítulo 11

BENEDICT Lindberg entró en el despacho del príncipe y lo halló de pie frente a la chimenea, mirando las llamas.

–Ya he convocado la rueda de prensa como me había pedido, señor.

–Gracias. Voy dentro de un momento.

El secretario se fue y dejó a Aksel con Harald.

–¿Está dispuesto, entonces, a hacer una declaración? –le preguntó el consejero–. Le ruego que recapacite por el bien del país y de la monarquía.

Aksel negó con la cabeza. Su pueblo tenía derecho a saber la verdad, y su hijo, a que se conociera su corta existencia. Recordó las palabras de Mina: «Debes llorar la muerte de tu hijo como es debido».

–Voy a encargar un monumento a la memoria de Finn que se colocará en los jardines de palacio.

Los jardines estaban abiertos al público y quería que los visitantes se detuvieran unos segundos y pensaran en el niño cuya vida había sido tan corta.

El salón de actos estaba atestado de periodistas ansiosos de saber por qué los habían convocado. Aksel subió al estrado y, al mirar el montón de cámaras que lo rodeaban, experimentó una inmensa sensación de soledad. Le dolía la garganta del esfuerzo de contener la emoción al disponerse a hablar de su hijo. Abrió la boca para hacerlo, pero no le salieron las palabras.

Pensó en los verdes ojos de Mina y la calma se apoderó de él. Ella tenía razón cuando le había dicho que no podía mirar el futuro sin haber resuelto el pasado. Antes de conocerla no le preocupaba lo que le deparara el futuro, pero ya no quería seguir atrapado en la oscuridad.

Respiró hondo y miró a su alrededor.

–Hace ocho años, tuve un hijo que murió a las seis semanas y cuatro días de nacer. Se llamaba Finn, y lo quise.

Mina sorteó a toda prisa los coches parados para cruzar la calle. Al llegar a la acera tropezó con un hombre enorme que la agarró para que no se cayera.

–Después de verte cruzar la calle sin pensar en tu seguridad, creo que voy a decir a tu sustituta que es muy probable que tenga que hacer el papel de Julieta cuando la obra se estrene mañana.

Mina miró a su padre.

–Estaba pensando en otra cosa y no me he dado cuenta.

–Ya lo he notado. Estás distraída en los ensayos, pero supongo que es normal que estés nerviosa al debutar en Broadway.

Entraron en el teatro y Joshua se dirigió a su despacho sin volver a mirarla. Su crítica le había dolido, sobre todo porque, en los ensayos, se había esforzado por ocultar su tristeza. Pensó con amargura que nunca conseguía complacerlo. No había dicho nada cuando le había comunicado que iba a dejar de actuar para ser terapeuta, pero ella se había dado cuenta de que estaba decepcionado.

Joshua se sorprendió al verla entrar en el despacho detrás de él.

–Lo que me preocupa no es la noche del estreno –dijo ella–. ¿No te das cuenta de que estoy mal? Tienes que haberte enterado de la noticia de que mi relación con el príncipe Aksel ha terminado. A veces me pregunto si te importo lo más mínimo.

Joshua frunció el ceño.

–Por supuesto que me importas.

–¿En serio? Desde que perdí el oído he sentido que me apartabas de ti. Parece que no te gusta nada de lo que hago –Mina tragó saliva–. Cuando me quedé sorda tuve miedo de que no me quisieras como a mis hermanos. Estás orgulloso de tus otros hijos, pero nunca me has dicho que lo estuvieras de mí.

Joshua no respondió. Ella estaba segura de que iba a decirle que no la había tratado de manera distinta a sus hermanos.

–No era mi intención que creyeras que te quería menos que a los demás, pero la verdad es que... –al gran actor shakesperiano le costaba hablar–. Siempre me he sentido culpable de que perdieras el oído y pensaba que me harías responsable.

–¿Por qué iba a hacerlo? –preguntó ella, desconcertada ante la confesión de su padre–. No fue culpa tuya que tuviera meningitis.

–¿No recuerdas que era yo quien te estaba cuidando la noche en que te pusiste enferma? Tu madre tenía función. Tenías algo de fiebre, te di una pastilla y pensé en comprobar más tarde si te había hecho efecto. Pero me enfrasqué en ensayar mi papel, y cuando tu madre volvió se dio cuenta de que estabas gravemente enferma.

–De no haber sido por las rápidas medidas que ella tomó, podrías haber muerto. Si yo hubiera llamado antes al médico, tal vez no te hubieras quedado sorda. Al ver cómo te esforzabas por enfrentarte a la sordera me sentía culpable y triste por haberte fallado.

»El especialista nos dijo que debíamos tratarte exactamente igual que cuando oías y no hacer un mundo de tu discapacidad. Pero se me partía el corazón cuando volvías de la escuela llorando porque tus compañeros se burlaban de ti.

»Creo que me distancié de ti para que no tuvieras que hacer frente también a mis sentimientos, pero no pensé que creerías que te quería menos que a tus hermanos.

Mina se secó una lágrima que se le deslizaba por la mejilla. Estaba estupefacta ante lo que su padre le había confesado.

–Nunca te he echado la culpa, papá. Fue mala suerte que me pusiera enferma, y no creo que las consecuencias hubieran sido distintas si hubieras llamado al médico antes. La meningitis es una terrible enfermedad. No sabía que te sintieses culpable. Creí que no me querías porque soy sorda.

–Perdóname por no haberte demostrado lo increíblemente orgulloso que estoy de ti –dijo Joshua con voz emocionada–. Eres una actriz brillante y sé que serás una estupenda terapeuta.

Abrió los brazos y Mina se lanzó a ellos y lo abrazó.

–¡Ay, papá! ¡Ojalá te hubiera dicho hace años cómo me sentía!

Tenía miedo de que su padre reconociera que no la quería. Su miedo al rechazo y el sentimiento de culpa de Joshua habían creado tensión entre ambos, pero esperaba que, desde aquel momento, se abrieran más el uno al otro.

–¿Qué ha pasado entre ese príncipe y tú? Él sale hoy en los periódicos. ¿No lo has visto?

Tomó un periódico del escritorio y se lo pasó a Mina.

Esta contuvo la respiración al ver la foto de Aksel en primera plana. Parecía tan distante como la última vez que lo había visto, cuando había rechazado su proposición matrimonial.

Benedict la había acompañado al aeropuerto. El secretario se mantuvo en silencio todo el tiempo y solo le habló cuando ella iba a dirigirse a la puerta de salida.

–Esperaba que llegara a comprender al príncipe –le dijo en tono acusador.

Las lágrimas casi la impidieron hablar.

–Cuide de él –consiguió articular, y se fue a toda prisa antes de que tuviera tiempo de cambiar de opinión y pedirle que la llevara de vuelta al palacio.

El titular del periódico decía: *Al príncipe se le vuelve a partir el corazón.*

Mina leyó los párrafos bajo la foto de Aksel.

El príncipe Aksel ha realizado la sorprendente declaración de que tuvo un hijo hace ocho años. Por desgracia, el niño murió a las seis semanas de nacer. Sus declaraciones han despertado el interés público en Storvhal, ya que se producen unos días después del anuncio de que su relación con Mina Hart, la actriz inglesa, había terminado.

El príncipe dijo que la ruptura lo había entristecido profundamente y que era responsabilidad suya la decisión de la señorita Hart de no casarse con él. Añadió que lamentaba no ser el hombre que ella se merecía.

–¿Por qué no te has casado con él? –preguntó Joshua.

–Amo a Aksel con todo mi corazón y por eso lo he rechazado. No me quiere.

–¿Estás segura? Yo creo que se ha jugado el corazón por ti. ¿Por qué piensa que no es el hombre que te mereces?

–No sabía que era eso lo que pensaba –susurró ella.

Volvió a mirar la foto de Aksel, asediado por los periodistas en busca de más información sobre su hijo. Sus ojos tenían una expresión de tristeza que le desgarró el corazón. Hablar de su hijo tenía que haberle resultado muy doloroso, sobre todo cuando estaba solo ante los medios de comunicación.

Toda la vida había estado solo. Su abuela le había enseñado a anteponer el deber a los sentimientos, y tanto sus padres como Karena lo habían rechazado.

No era de extrañar que le resultara difícil hablar de sus sentimientos.

Aunque era posible que no la quisiera, ella no le había preguntado qué sentía por ella porque temía que la rechazara.

Se tragó las lágrimas y se volvió hacia su padre.

–He sido una cobarde. Tengo que ir a Storvhal inmediatamente –miró a Joshua–. ¿Qué pasará con el estreno esta noche?

Su padre le apretó el brazo.

–Le diré a tu sustituta que se prepare para el papel más importante de su vida.

Apenas se divisaban los torreones del palacio en medio de la tormenta de nieve. El invierno había llegado a Storvhal, y a primera hora de la tarde apenas había luz. Pero, a Mina, el espectacular paisaje de nieve y hielo le resultó extrañamente hermoso.

Benedict Lindberg la recibió en el vestíbulo.

–El príncipe está en el despacho. No le he dicho que venía.

Mina respiró hondo y abrió la puerta.

Aksel estaba sentado al escritorio con un montón de papeles frente a él. La luz de la lámpara le resaltaba los pómulos. Había adelgazado.

Frunció el ceño al mirar quién entraba sin llamar.

–¡Mina! Te suponía en Nueva York preparando el estreno de *Romeo y Julieta*.

Su tono era de frío desapego y sus ojos la miraban precavidos. Tomó un lápiz y comenzó a darle vueltas entre los dedos.

–¿Qué haces aquí?

Mientras se acercaba al escritorio, Mina se dijo que se había acabado ser cobarde y ocultar sus sentimientos.

–Mi padre me ha liberado del contrato con la compañía teatral, y el papel de Julieta lo va a hacer otra actriz.

Aksel la miró sorprendido.

–¿Por qué has rechazado la posibilidad de actuar en Broadway? Es la oportunidad de tu vida, una a la que aspira todo actor.

–Tengo aspiraciones distintas. Espero desarrollar una carrera como terapeuta, pero, lo que es más importante, he cambiado de opinión con respecto a casarme contigo. Si tu proposición sigue en pie, quiero ser tu esposa.

El lápiz se partió en dos y la punta salió disparada.

–¿Cómo es que has cambiado de idea? Creí que necesitabas que te declarara mi amor antes de aceptar. Te advierto que mis sentimientos no han cambiado.

El valor abandonó a Mina durante unos instantes, pero se rehizo.

–Los míos tampoco. Me enamoré de ti en cuanto te vi.

Aksel se levantó de un salto y se puso a dar vueltas alrededor del escritorio.

–No quiero que me hables así –se retiró el cabello de la frente y ella observó que la mano le temblaba.

–Me da igual porque no pienso seguir ocultándote mis sentimientos –le acarició la mejilla–. Te quiero, Aksel. Sé que no puedes decir esas palabras, y tal vez nunca lo consigas, pero no creo que carezcas de sentimientos. Te hicieron daño y todavía te duele, sobre todo desde que has hablado en público sobre tu hijo.

»No me imagino lo doloroso que sería para ti perder a Finn. Espero que al hablar de él la herida cicatrice. Y quiero estar a tu lado, apoyarte y amarte con todo mi corazón.

Durante unos segundos, Aksel no reaccionó. Su rostro era una máscara, pero, al mirarlo, ella se dio cuenta de que distaba mucho de estar tranquilo y de controlar sus emociones. Los ojos le brillaban con fiereza, y Mina se quedó helada al ver que una lágrima se le deslizaba por la mejilla.

–No llores, Aksel –susurró.

Él la abrazó con tanta fuerza que la dejó sin aliento.

–Te quiero tanto que me da miedo –afirmó él con voz entrecortada.

Mina creyó que el corazón iba a explotarle.

–No podía soportar la idea de perderte –continuó él–. Sería como volver a perder a Finn. Me convencí de que era mejor para mí no quererte, de que, si negaba lo que sentía por ti, mis sentimientos desaparecerían.

Frotó la mejilla contra la de ella, y Mina percibió que estaba húmeda.

–No quería quererte. Pero cuando te marchaste me pareció que me habían arrancado el corazón y tuve que enfrentarme a la verdad: te querré hasta la muerte. Mi vida sin ti carece de sentido.

Aflojó un poco el abrazo y la miró.

–Había planeado esperar hasta que acabaran las representaciones de *Romeo y Julieta* en Broadway para ir a buscarte y tratar de convencerte de que me concedieras otra oportunidad –le secó las lágrimas con los pulgares–. ¿Lloras porque te quiero, cielo?

–Sí, porque sé lo difícil que te resulta decirlo, ya que te enseñaron a poner tu deber por encima de tu felicidad.

–La noche que pasamos juntos en Londres y los días que estuviste en Storvhal han sido los más felices de mi vida. No he conocido a nadie tan compasivo y afectuoso como tú, pero me dije que no podía fiarme de ti porque así me resultaba más sencillo negar mis sentimientos.

La soltó y rodeó el escritorio para sacar algo de un cajón. Mina contuvo la respiración cuando él abrió la cajita que tenía en la mano y vio que contenía un anillo de diamantes.

–¿Quieres casarte conmigo, amor mío?

Ella lanzó un grito inarticulado y lo abrazó.

–Sí, pero con una condición: que en cuanto nuestros niños crezcan les enseñemos a hacer un muñeco de nieve.

Aksel entendió a lo que se refería y sonrió.

–También les diremos cada día lo mucho que los queremos –afirmó él–. Por cierto, ¿cuántos hijos quieres tener?

–Cuatro o cinco.

–En ese caso –dijo él mientras la tomaba en brazos, salía del despacho y se encaminaba hacia las escaleras que conducían a su dormitorio– será mejor que empecemos a practicar cuanto antes.

Vio que su secretario estaba en el vestíbulo y le dijo:

–Benedict, quiero que anuncies la boda inminente del príncipe de Storvhal y la señorita Mina Hart, que es el amor de su vida.

En Nochebuena, las campanas de la catedral sonaron alegremente para celebrar el casamiento. A pesar de la baja temperatura, una gran multitud se agolpó en las aceras para ver pasar la carroza hasta el palacio, donde se celebró un banquete con quinientos invitados.

Después, los recién casados se marcharon en helicóptero de viaje de novios a un lugar que no se había hecho público.

Mina seguía con el vestido y el ramo de novia cuando llegaron a la cabaña de la montaña.

–¿Te he dicho que estás preciosa? –murmuró Aksel mientras la tomaba en brazos para entrar en la cabaña–. Apenas podía respirar cuando estábamos frente al altar y dijimos los votos.

–Yo los dije con todo mi corazón –afirmó ella en voz baja– y te querré eternamente.

Aksel la besó tiernamente, pero, como siempre, la pasión se apoderó de ellos y acabaron tumbados en la cama.

–¿Por qué has querido que vengamos a este remoto lugar a pasar la luna de miel? –preguntó él mientras comenzaba a desnudarla.

–Porque aquí podemos estar solos –respondió ella.

Contuvo la respiración cuando él le bajo el corpiño del vestido y comenzó a besarle los pezones.

–Solos los dos, ¿puede haber algo mejor? –preguntó él.

Ella se puso la mano en el vientre.

–En realidad, somos tres.

Él la miró emocionado.

–¡Amor mío...!

Se le quebró la voz mientras besaba el vientre aún liso donde estaba su hijo.

–Como decía, ¿puede haber algo mejor?

HARLEQUIN
Bianca
Anne Mather
Amante prohibida